母親牌便當

林育靖

目錄

輯二 慢城市集

輯三　匿名病患

輯四　花落花開

推薦序

令人激賞的家庭、寫作與專業全方位的女醫師

賴其萬

一九九八年我在離開臺灣二十三年之後，決定回臺參加臺灣的醫學教育與醫療團隊，展開我的逐夢之旅。時間很快，又過了另一個二十三年。這期間許多風雲際會使我又開始寫文章，更想不到的是不知何德何能，居然開始受邀為不少朋友、學生、作家的新書寫序。然而這次為林育靖醫師的新書寫序卻是有生以來首次帶著愧疚贖罪之心。

林醫師在二〇一二年寄給我她的第一本書《天使的微光》（二〇一〇年九歌出版社發行），她從醫學生時代就勤於筆耕，而這本書是她收集學醫、行醫的好文章。然而我卻因為個人的疏忽，讓它默默地枯坐在書架長達七年之久。記得當我發現這本書時，深受書中文字感動，而相見恨晚，但更因為未能及時向贈書的作者致謝而感到羞愧。想到自己這種傲慢怠惰的態度對一位剛剛出了第一本書的年輕女醫生會是多大的打擊，尤其是當我發現書中夾帶的卡片上的最後一句話，「寄上一冊書請您指教，也藉此謝謝您透過文字所教導我的……關於醫者典範與行醫價值」，更讓我無地自容。

看完林醫師的第一本書以後，我終於與她連絡上，才知道這幾年來她已經結婚、生子而不再行醫，也不再執筆。她告訴我，她最近才開始在嘉義基督教醫院擔任兼職的安寧居家訪視醫師，因為她還是希望能有時間陪孩子們成長。

當時我正好與一群醫界有心人成立了「醫病平臺」的電子報，希望透過這個園地，醫病雙方可以平起平坐，彼此分享行醫與就醫的經驗，而達到互相了解、尊重與信任的醫病關係。很高興她也認同我們希望改善臺灣醫病關係的理念，幾個月之內就寫出她重出江湖的第一篇文章〈重威殉職之後，臺灣的蛻變〉，追憶二〇〇三年SARS肆虐臺灣時不幸犧牲的同學林重威醫師，接著她又陸續寫出幾篇好文章。

去年年底我應嘉義基督教醫院姚維仁院長的邀請到他們醫院演講時，終於有機會見到林醫師，而蒙她送我過去「封筆」之前，出版的第二本著作《天使在值班》（二〇一二年九歌出版社發行），並且告訴我，她這兩年重出江湖之後又開始恢復寫作，不久將會有第三本書的問世。想不到兩個月後我就接到這本書的文稿，並邀我撰序。這是我的榮幸，同時也是我贖罪的機會，因為我當初曾經不小心地讓一位年輕作家在寄贈生平第一部作品後，七年來有如石沉大海的等待，真是何等的罪過。

我想用以下幾句話，簡單介紹這本文情並茂的好書。這本書包括四部分，一共三十篇文章：

一、「媽媽您好」：這八篇文章是她離開醫療工作，毅然擔任全職「母親」期間的感受。讀者可以體會到由「母親」的角度所看到的孩子與過去醫療職場所看到的病人有多大的不同。

二、「慢城市集」：這七篇文章是一種生活散文，可以看得出林醫師的生活意境、幸福的成長環境以及她在改行全職做母親的欣慰與滿足。

三、「匿名患者」：這九篇文章與她過去的兩本書一樣，是繼續以醫師的角色寫出行醫的感觸，讀者可以感受到她現在所看到的不再只是「病」，而是更深入地看到「人」。

四、「花落花開」：這六篇文章是描述她目前回到職場，選擇將行醫重心聚焦在安寧療護，更深層地接觸死亡與失落。她回憶親人的過世以及陪伴癌末病人走完全程的描述令人感動。

最後我想利用這機會，對女醫師說出我真心的推崇。她們為了家庭，往往無法像男醫師一樣，全心全力為事業奉獻，因為她們還需要照顧家人，尤其是為了下一代，從懷孕、生產、陪伴小孩的成長以及照顧先生。想不到林醫師居然還能游刃於文學創作，成為令人激賞的家庭、寫作與專業「全方位」的女醫師，真是非常的不簡單。不過就我所知，林醫師的先生也是醫師，我相信他應該也做了許多一般醫師所做不到的「配合」，才能讓林醫師有今天的成就，因此，我也在此對他所做的許多「不足為外人道也」的「好先生善行」給予應得的表揚。希望他們醫師夫婦的努力經營下，會產生更多的幸福人生，也希望他們的成果能帶給夫妻都是醫師的家庭更多的啟發。

我謹以誠摯的心推薦這本如詩如畫的女醫師的內心世界！

寫於二〇二一年二月二十七日

自序

慢城裡的時光

十一年前第一本散文集《天使的微光》出版後，我冒昧寄給許多位醫界前輩，收到他們溫暖的回應，一直感念在心，尤其是時任羅東聖母醫院院長的陳永興醫師，不但回贈他的著作，還寫了親筆信勉勵我。第二本書《天使在值班》完成後不久，女兒來報到，忙碌於照顧三個孩子的生活，我感到心滿意足。

寫作還是捨不下的興趣。我仍試著提筆，在臥室餵奶換尿布的空檔，在廚房使刀揮鏟間，在床上陪讀繪本、書桌前簽家庭聯絡簿時，或換上白袍前往訪視病患之際，捕捉乍現靈光，派文遣字封存足印。慢慢地走。直到二〇一九年底，忽然接到一則來自賴其萬教授的簡訊，他說多年前收到我寄給他的《天使的微光》，原希望好好讀過再回信，卻因事務繁忙放著忘了，近日才再看到。賴教授的大作《當醫生遇見Siki》是我行醫之初的重要啟蒙書籍之一，我更欽佩他對臺灣醫學教育及改善醫病關係長期付出的心力，因而當我竟接到他的鼓勵時，內心十分激動。也是在這股推力之下，終於完成了《母親牌便當》的書稿。

這本書是我為自己搭築的時光甬道，一篇文章一所驛站，來回穿梭，隨意停駐——我看見那個成日囿於嚴重害喜症狀卻又滿懷期待的女子，嬌嗔向丈夫抱怨受到此起彼落的媽媽寶寶廣告騷擾，心裡其實甜滋滋喜洋洋。孩子一天天茁壯，從摟在懷裡餵奶，到橫衝直撞令人時刻掛心，接著展開餐桌上或車程間天南地北閒聊話題……。如今兒子抽高身子、長了鬍子、變了聲調，朝氣蓬勃地揮灑青春，心思裡都是他們的同伴與支持的球隊，而女兒膩在身旁繪畫剪貼，在卡片寫下「我ㄔㄠ愛您」，貼在我書桌前白板上。

親情的繩牽這端是成長，那端是衰退。我送走了外祖父，也見到父母日漸蒼老的身影。恐慌是不時飄來的烏雲，我只好用筆驅散，奮力撈取記憶海裡的片段，留下整櫥祖父簽名的藏書，成疊母愛洋溢的飯盒，作為我的傳家珍寶。

這本書也是我嘗試與外在世界的連結，當一年有三百多天、一天有二十多個小時待在家裡，我但願透過文字，和認識與不認識的讀者交流，談一談主婦買菜煮菜的心得，聊一聊這塊土地上的語言波折，問一問沉浸在尿布與奶味中多年的媽媽們，要告別這段辛勞的歲月時，也感到離情依依嗎？或者轉換場景，述說回到職場披上白袍，雖也行診療、也開藥方，卻只能眼睜睜看著一縷縷氣息消散時，那無奈無助的心情。我輕輕捧起行醫道上的感悟，小心翼翼放在紙上，唯求無愧於病家的苦楚。

這一年多來，世界有了極大轉變，住在臺灣的我們幸運能以最小的不便、最少的恐懼繼續過日子。但總有令人感傷的事，二〇二〇年夏天，蔡文甫先生離開了，詩人岩上老師也走了，我與兩位前輩僅各有一面之緣，但蔡先生對我說「因為年紀大了，常常得上醫院，所以對妳的文章很有感覺」的親切畫面，以及同為嘉義人的岩上老師跟我聊起我們母校時的笑容，都深深烙在回憶裡，恆常懷想。

也不曾忘記廖玉蕙教授和鍾怡雯教授在我出版第一本書前後對我的提攜關照，一路上另有許多前輩作家與編輯，難以一一言謝，但銘記在心。當然，對於阿盛老師，我永遠要獻上最深的謝意，縱使我從來跟不上他的期許，他卻不曾不耐煩，只是溫和敦促。

蔡澤玉女士接下九歌出版社的棒子，與陳素芳總編一起讓九歌招牌持續發光發熱，我對九歌的景仰，始終如中學時期那樣深切，能繼續在九歌出版散文集，我的心願美麗實現。謝謝執編欣純和封面設計Jupee，讓這本書更貼近我喜愛的模樣。

十多年來我就居住在〈慢城市集〉所書的這座小鎮上，沒有智慧型手機，或許生活看來很單調，或許錯過了熱鬧，錯過了新潮，錯過了某些趣味的瞬間，或是錯過難得的優惠，但此刻回望過去這些年，我並不曾錯過任何重要時刻，不曾錯過真摯的感情。謝謝身旁好友不嫌棄我的落伍，還拿出手機替我擔任與外界溝通的橋梁；謝謝孩子的老師、教練，我們一起看著孩子成長，也從孩子身上學習；謝謝當年為我在醫院裡爭取到居家訪視職務的蔡悅琪主任，使我能以家庭為重而又不脫離專業範疇，也謝謝所有工作夥伴。

最後要感謝親愛的家人，我生命中唯一不願錯過的，只有你們。

林育靖　二〇二一年二月

輯一　媽媽您好

媽媽您好

懷孕不久，該知道的人似乎都知道了。

不過是買件孕婦裝、參加兩次媽媽教室、回函一封《媽媽寶寶》雜誌的贈品索取單，留了個人資料，說是會寄送新裝DM、滿額折價券或媽媽教室的訊息給我，沒想到湧來的關心出奇地多。

首先是月子餐的「營養諮詢專員」表示可以提供試吃，端來麻油雞與紅豆湯，附上四週食譜，所用素材皆號稱頂級，「料理水」則又分「米酒水」與「坐月子水」，「米酒水」還可由字面理解意思，「坐月子水」則只能從其天價忖度此水妙不可言。專員叮囑產後第一個禮拜不能吃蔬菜，月子期間不能洗頭、不能喝一般的開水、要綁腹帶，如此產後才能恢復健康與窈窕。這樣專業的要價，足夠每天在五星級飯店大啖兩餐「吃到飽」，還有找零可喝杯咖啡或現打果汁。我輕描淡寫道：有別家菜單大同小異，價格卻便宜一截呢。沒想到激起她的怒氣，「嚇，都是二姐啦，本來一起做的，後來姐妹間鬧不合，二姐就跑出去自己開了……妳看內容雖然相似，但品質絕對不一樣，我是不好意思說太白，前些日子新聞不是有報月子餐用過期食物嗎？……」怕她一發不可收拾，我趕忙拾起她帶來的簡介單埋首研讀，卻見到斗大幾行字：沒坐好月子將來會身體浮腫、腰痠背痛、內臟移位、頭暈目眩、齒危髮禿……。初次懷孕的我，當然害怕生產完會老個十幾、二十歲，變成水桶腰的黃臉婆，日日哼哼唉唉這兒疼那兒麻。送走月子專員，我繼續翻閱她留下的恐嚇信，反覆思索，生怕誤了女人寶貴的「改變體質」機會。外祖父笑著對我說：他近年腰痠背痛大約是月子沒坐好之故。母親也附和：電視上坐月子專家強調生產完要吃糯米，其黏性可使生產移位的臟腑重新黏合，那咱們來吃麥芽糖吧，看能不能黏得更緊些。

而在月子餐營養諮詢專員來訪時，她帶了另位貴賓，說是她表弟，遞上名片，原來是某大臍帶血銀行的業務。不久，臍帶血業務也跟我約了時間，一見面便遞來一袋贈品：懷孕百科、紗布巾、斷奶食研磨器、胎教CD，還有他們公司出版的雜誌。接著拿出精美的介紹本，開始說明什麼是臍帶血，保存臍帶血的好處，臍帶血發展現況，我聽得瞠目結舌，原來臍帶血可以治萬病，瘸腿的會走了，瞎眼的得光明，簡直是上帝差遣下凡的第二個兒子。並且不只存下臍帶血的寶寶本身可以得利，未來連父母手足爺奶姑叔都可拿它來治病。我質疑這些「未來」不會比「哆啦A夢」早誕生。這位業務倒是老實，承認他們公司目前為止並沒有自體使用臍帶血成功治癒疾病的案例，「但是，」他吐出這兩個字的語氣有點強烈，「這並不表示臍帶血沒有用。之所以還沒有成功實例，是因為臍帶血的歷史不長、自費儲存的人數不多、現在的臍帶血醫療還在發展階段⋯⋯」

話鋒一轉，他不能免俗地談到其他對手，另家號稱在臺灣已有「治癒疾病案例」的公司，打出存戶在C大教學醫院接受臍帶血治療成功的廣告，「妳想想看，如果這是真的，C大醫院難道不會找來媒體大肆宣揚醫術嗎？」但這句話後，又恢復平和地說，他不喜歡攻擊別人，他們是國內唯一與教學醫院合作的公司，對臍帶血的保存、研發都是最好的，禁得起考驗；別家業務連競爭同業的臍帶血代言人犯了錯都能拿來大做文章，實在是本末倒置。

不怕一萬，只怕萬一，現代父母生育得少，所以連研究顯示用到機會是「兩萬分之一」的臍帶血都肯花大把鈔票留存，甚且兩萬分之一的機會並不保證移植成功。儘管深諳此理，為人母者，我還是內心掙扎一番，模擬倘若不幸孩子數年後被「兩萬分之一」揀選上，我能否平心靜氣地面對當年放棄自存臍帶血的選擇。

相較於臍帶血，「嬰兒保險」似乎提供了更實際的保障。懷孕期間特易疲累，某個熟睡的午覺中，我被喚醒得知這個好消息，「媽媽您好，恭喜您呵，這裡是某某人壽保險公司，我們提供了完整的嬰兒保險，您的預產期是八月對不對？恭喜您符合我們投保的條件……」我說我在午睡，高分貝的小姐道了歉，說她下回再打。第二天中午同一時間，我一樣在午睡，電話又來，「媽媽，喔，您還在睡ㄍㄠˇㄍㄠˇ啊，要不要起來一下，我跟您說明我們的保險內容，真的很難得的機會呵……」後來收到書面簡介，保險給付範圍僅限幾個重大疾病，其中數項可藉由產檢預先得知，其餘的缺陷也不是區區金額可以填補身心創傷與實際所需，況且新生兒還有太多可能的殘病，保險書完全略過不提。我興趣缺缺，保險員卻常熱情來電，擾我清夢。幸而此種保險對象限二十八週內的孕婦，不久之後，我便不再合乎她恭喜的條件，惱人的高分貝自然隱遁。

隨著預產期接近，信箱裡出現愈來愈多的彌月蛋糕廣告，大部分是製作喜餅的知名廠商。一樣的麵粉餡料，包裝成可愛樣式，送禮的人就可以從新娘變老娘。另外還有些外縣市的麵包店，竟也神通廣大地寄來琳瑯滿目的彌月蛋糕圖片。因為預先從超音波得知懷的是男孩，我開始留意製作油飯的廠商，發現連鎖喜餅業者多半兼賣油飯，我和先生首先詢問當年訂購喜餅的店家，以為會有優惠，沒想到店員冷淡極了，說寶寶滿月時碰上他們中秋月餅旺季，沒閒替我們運送油飯。轉頭望見鄰座將生女兒的準媽媽卻備受款待，揣想大約對他們而言，油飯與糕餅的利潤相去甚遠吧。

彌月禮盒只訂一回，「奶」卻是呱呱落地後一兩年不可或缺的飲品，奶粉推銷員自然無所不用其極想攻下這畝肥田。近年來「母奶」再度被尊奉為嬰兒最佳食物，無論嬰兒奶粉添加多少AA、DHA，如何水解、減敏，都遠比不上母奶能帶給嬰兒的保護。奶粉業原本競爭對手就多，又被母乳搶去大片地盤，經營策略更為積極。許多醫院為提倡哺育母乳，禁止奶粉商進入推銷，然而產檢結束在大廳等待批價時，有位女士坐到我身旁，小動作塞過來一張名片，悄聲說她是某某奶粉公司的護士，可以提供我一罐嬰兒奶粉，將來給寶寶喝喝看，我說要餵母奶，她忙不迭地點頭同意母乳最好，「但是，」她這兩個字的語調很輕，可是扣人心弦，「如果寶寶剛出生，媽媽的乳汁分泌還不太夠，可以先泡奶粉餵，免得寶寶餓著。醫院不會提供奶粉，媽媽帶著這罐試用品，萬一到時需要就不用特別跑去買了。寶寶如果喝得習慣，以後可以跟我買。」

產後不久，再度接到奶粉公司的關心電話，詢問哺育母乳的狀況，我表示餵得順利，「媽媽加油呵，能餵母奶就儘量餵，如果奶量不太夠可以加一兩餐我們的配方奶粉呵。」滿月時又來問候，「恭喜滿月了呵，媽媽還在餵母奶啊，那很好呵，需要的時候隨時都可以泡我們的配方奶粉給寶寶喝呵，試用罐喝完的話可以跟我買，會更便宜呵。」兩個月，「媽媽持續在餵母奶很棒呵，不過寶寶晚上睡前可以考慮泡奶粉讓他喝飽一點，這樣他晚上比較不會餓醒，媽媽也可以睡得好呵。」四個月，「寶寶好幸福一直都喝母奶呵，喝母奶抵抗力會比較好呵，我們的配方奶粉也有增加抵抗力的成分，寶寶食量會愈來愈大，媽媽如果奶漸漸不夠可以讓他喝我們的奶粉呵。」六個月，「還在喝母奶，媽媽很厲害呵，再來可以換較大嬰兒奶粉，一樣可以跟我買呵。」……

小男孩學翻身學坐，開始吃副食品，我以為關心媽媽寶寶的電話即將告終，然而孩子的成長商機重重。生育後養育，養育後教育，父母怕兒女輸在起跑點，各種啟蒙教材應運而生。專家說：嬰兒出生時的腦細胞數量相近，三歲前的刺激大大影響將來發展；專家說：小孩子都是語言天才，同時學會五、六種語言並非難事，不要讓環境局限了他的學習；專家設計了很多書本、玩具、影片，近年更有數位化的讀卡機或魔法筆，收錄真人發音的千百字句。

幼兒美語教學的教育專員同樣有本事取得我的電話號碼，約了見面時間，提著大包包來介紹整套產品，告訴我什麼是「情境式教學」，在她營造的情境裡，彷彿覺得倘若小孩沒學好英文，就是因為我沒買這套教材。我邊聽她播放的輕快英文歌謠，幻想將來孩子字正腔圓地說著流利美語，直到她拿出價目表，呃。「媽媽您覺得很貴嗎？可以分期付款，每個月只要三千多。這一代的小孩必定要學美語，學美語肯定要花錢，只是先花後花、花在哪裡的差別，您算算看，將來上雙語幼稚園或是美語補習班的費用更加昂貴，而老師一天跟小朋友說的英文也許不超過十句，我們的教材您可以天天播放，將來生第二個小孩還可以繼續用……」我推說要跟先生商量過，教育專員趕緊表示要再找時間來跟先生說明，否則只聽我轉述內容，無法領會教材深妙之處。她並告訴我，有客戶媽媽因為先生不同意買教材，掏出私房錢偷偷訂購呢。

不勝其擾。我這麼告訴先生，立誓下次懷孕不要再洩漏自己的電話地址。反正孕婦裝都備齊了，媽媽教室的內容也熟悉了。

並不很久以後，我懷了第二個孩子。在腸胃不適體力疲乏思緒遲鈍中，我又愛上翻閱《媽媽寶寶》雜誌，主動留意起媽媽教室的訊息。我央求先生陪我參加星期六下午在百貨公司辦的拉梅茲講座，順道去麗嬰房專櫃憑媽媽手冊兌換一袋見面禮，他正要開口提醒我的信誓旦旦，「唉呀你不懂啦，女人可以穿著孕婦裝走進媽媽教室是一種尊榮吔，而且懷老大那時送的食物研磨器和紗布巾，讓我們節省不少開支，沐浴露試用罐及小包溼紙巾在旅行時也都用得到啊，還有試聽版幼兒音樂和動物王國影片介紹，哥哥不都很喜歡嗎？……沒關係啦，反正我現在很少開手機啊……」

布尿布

懷孕時我立下三個願：第一，要自然產且不用無痛分娩；第二，餵母奶；第三，盡可能用布尿布。

妊娠七個多月胎位轉正，自然產沒問題，足月某日午餐後開始陣痛，我在床上翻滾地上爬行一個下午，然後到醫院，護士替我吊上點滴，邊解釋若需無痛分娩將從點滴管注射藥物，我點點頭但不以為然，我想體會母親生我的感覺。但陣痛增強的程度不只以平方計，很快地無法以理性控制自己，暗想護士下次詢問是否要選擇無痛分娩時必定渾身細胞躍動、派嘴代表歡喜領受，然而護士來診察後告知「進展速度太快，來不及用無痛」，於是第一個願望在我的救命聲中順利達成。

醫院推廣母乳哺育，產後數小時便領我前去餵奶，第二天又將寶寶送來「母嬰同室」，嬰兒室小姐親切教導新手媽媽如何按摩發脹的乳房、如何讓寶寶吸吮，這些技巧無需多言，身為母親我的感想只有「按摩吸吮都是痛」。左側天然奶嘴操勞過度破皮滲血，護士微笑說：那先餵右邊吧。出院前護士叮嚀，喝母奶的嬰兒黃疸時期較長，也可能一直解稀便，這些現象都無妨，千萬別因此停止餵母奶，還提醒我滿月前不要用奶瓶餵，否則寶寶輕鬆慣了會懶得吸媽媽的奶。不過他們忘了告訴我，下場是寶寶溫暖慣了會討厭用奶瓶喝奶。

至於布尿布，願望裡的「盡可能」是伏筆。除了一打布尿布，我還是預先儲備些許紙尿布，因為產後暫住娘家，月子大小事勞煩母親，不好意思再請她清洗尿片，而先進的紙尿布吸水性頗佳，夜裡使用可避免寶寶的屁股因媽媽賴床而從水蜜桃浸成番茄，將來外出也省得提著異味飄散的傑作惹人白眼。彌月油飯發出，又換得幾包紙尿布。

我帶著寶寶與布尿布回家，但母奶輸入總是稀哩糊嚕輸出，一日數次，經常連紙尿布都吃撐了，慷慨與衣褲分享。初為人母已手忙腳亂，雖然南臺灣豪氣的陽光招手呼喚我洗晒尿布，每每打開一包拋棄式南瓜泥，用布尿布的決心便又後退幾步。我設下另一個里程碑——哪天寶寶開始解成形的便，就用布尿布。無奈第二個願望實現得太徹底，純母奶寶寶的產品遲遲不收斂成條。

布尿布躺在衣櫥角落，訴說奉獻純潔的期待，每天拿取衣物總會打照面，我的手老伸不夠長，慚意卻不斷蔓延。我忖度，親餵母乳的困難度並不亞於使用布尿布，然而醫院不提供奶粉，不教導沖泡，同時強烈灌輸「母乳絕對優於配方奶」的正確知識，連奶粉業者推銷時都不得不心痛地說「還是母奶最好」。母奶含有最合適的養分，可增強抵抗力，提高智商，並有助於媽媽產後瘦身及癌症預防。母乳哺育逐漸成為時尚，甚或輿論壓力——妳的孩子感冒了嗎？妳的孩子一二三算得比別人慢嗎？是不是因為妳沒餵母奶呀？

布尿布與餵母奶兩項舊文明復興運動的命運大不相同。寶寶一出生，醫院立即拆一包新生兒紙尿片，帳記在媽媽頭上；嬰兒室小姐也來教我們如何更換尿布，判讀尿溼顯示，以及觀察排尿排便次數。探問周遭朋友，沒有人使用布尿布，一位同學吃驚地問：為什麼要用布尿布呢？除了環保，還有什麼好處？但最令我吃驚的是發現國外有個研究報告：使用布尿布並不比紙尿布環保。

腳趾頭評估的環保概念被推翻了，看來得用點腦筋好好思索這個問題。推想他們的布尿布大約是用尿片專用高級去汙洗劑，投入臭氧抗菌洗衣機，也許還要倒些柔軟精，烘乾的時候記得攞進一片帶香味的防靜電紙，除了上述，別漏掉用電造成的環境危害跟汙水處理費。紙尿布豈不簡單多了：買來，用畢，丟棄。

先撇開環保不談，大多數人會同意紙尿布蝕錢蝕得特凶。營養豐沛的健康寶寶成長迅速，未滿半歲便得穿L號尿布，口碑佳的廠牌，以連鎖藥妝店的特價計算，一片七八塊，若有幸居住在繁鬧盆地中心，縱使竭力將溼透的紙尿布捆成最小體積，昂貴的藍色塑膠袋塞到爆，每天少女的祈禱聲響起，手一甩出心便抽痛一下。

然而不可否認的是紙尿布業者的用心，數十年來不斷改革，吸收力、鎖溼度、透氣性、防漏邊都大步躍進。我自己並沒有穿紙尿褲的經驗，但兒時摸過弟弟旅行用的幫寶適，也軟也白，只是盛了尿液後便沉甸甸厚嘟嘟，且外覆塑膠質的防水層難透氣，沒有尿溼顯示，兩側膠帶限黏貼一次，撕下即損壞膠膜的完整性，一片竟要價二十餘元。

如今尿布市場品牌林立，臺系日系美系瓜分大餅，延攬顧客的招式頗多，許多廠家分設兩種次商品，一走高級路線，一取平價商機，內容的差異則包含尿溼顯示有無、重複黏貼膠帶良莠、製造地點等等。品質與價格外，滿額回饋禮也是吸引家長選購的重點，有幾家贈送的玩具實在精緻，令人嘆為觀止——好感嘆為什麼觀世音菩薩不阻止尿布公司漲價。尿片上總印有可愛圖樣，小象小兔跳跳虎，馬戲團跳了一屁股，豐富的色彩據說可刺激幼童視覺發展，卻不談一缸一缸顏料染汙了多少座湖。

一日我忽然想到問母親，沒有衛生棉的年代，女人如何處理月事？母親描繪了一條布，我卻勾勒不出具體形象。另在母親時代已算新潮的「生理褲」，在「生理布」力有未逮時可盡棉薄之力護住女人顏面。生理褲我是見過的，衛生棉世代的我曾經懷疑它存在的必要性，這才明白生理褲的搭檔並不是衛生棉。小阿姨在旁補充，外婆年輕時有位日本朋友送她一包衛生棉，她總捨不得打開，原封不動放了二十多年，直到快停經，拆開來發現已經泛黃，女兒們看著不舒服，勸她丟了，她仍執意在上頭墊張衛生紙用完。

幾個月來在布尿布與紙尿布間掙扎的我，陷入更大的迷惘——為什麼我從沒想過拋棄衛生棉回歸老祖母時代呢？是不是因為太薄的一片，薄得讓我早已忘了它的存在？

外婆捨不得用衛生棉，我捨不得用布尿布。捨不得少睡幾分鐘，捨不得雙手浸潤在兒女屎尿裡搓揉，文章寫得順手時，我更捨不得靈感溺斃在吸水性落後的布尿布裡。想到二十多年後，這疊布尿布也將發黃，大便小便沒能教導它們的顏色，歲月會彌補。

就這樣過了三個季節，天氣轉涼轉冷又轉熱了，寶寶活動量愈來愈大，新手媽媽的手還是很新，一如尿布。願望裡的「盡可能」終於成了敗筆。

五分鐘

母親在機場免稅店買了一雙對錶送給我和先生，雖然外觀上僅有大小之分，但女用的是石英錶，男生款則是不需更換電池的機械表，我納悶既成對設計為何內涵不一致，若我的也能不耗電自個兒繞圈走豈不更好，一年約可省下百元。

幾天後我跟先生抬起左手腕一瞧，錶上的分針相差三十度，以為最初對時沒調準，撥了一一七報時臺，重新把戀人塑成一個模樣。但很快便發現，先生的錶趕集似地奔馳，老把我甩在後頭。我按保證書上的電話打去，服務小姐要我將錶連同保證書寄回維修中心。錶很快送回來，鐘錶師傅判定快分原因是「受磁」，註明已替錶消磁，責任完畢。然而機械錶還是一個勁兒往前衝，一星期不到便又領先五分鐘。我再度打電話去維修中心，告知狀況，小姐親切地說，那請您寄回來，師傅幫您檢查。還是受磁。他們信誓旦旦絕對幫您消磁過了，但錶連一天準時都走不來，過一陣子竟變成時快時慢，惱人極了。幾回宅急便下來，運費都夠在夜市買到一只其準無比的錶了。

怒火中燒，我在電話裡慍聲質問到底怎麼回事，小姐坦白說：機械錶常有這個問題，受磁就容易快分，環境中各種磁場都會影響，例如跟手機靠太近也可能愈走愈快，您可以用指南針檢查看看就知道是不是受磁了，但客戶沒辦法自己消磁。您放心，在兩年保固期內，我們維修中心可無限次免費幫您消磁。至於石英錶呢，慢分的機會較高。——什麼，女錶也會出問題？

時間就是金錢，所以走得快的錶賣得貴？時間就是金錢，所以一天比較晚走到盡頭的錶更值錢？我氣不過，逛街路過鐘錶行，拐進去探問：某某牌的錶可是出了名的不準？店員解釋：這是機械錶的罩門，一個月快慢五分鐘是正常範圍。五分鐘？我的嘴型停在ㄥ，久久合不起來。很多人鍾愛機械錶呢，有收藏價值。也是啦，我先生的機械錶就快要收藏起來了。店員繼續說：機械錶是純手工，沒有兩只錶一模一樣，因此誤差不盡相同，另外跟戴錶人的習性有關，手腕擺動太少，機械發條上不足，自然也會慢下來。所以是我先生的錯。

店員認為五分鐘也無所謂的輕鬆口氣讓我傻眼，我以為這時代絕大多數的人分秒必爭。小學時媽媽說：過年回外婆家的路程上，一邊背九九乘法，不要浪費時間。國中時英文老師說：每天花五分鐘背三個單字，一年就累積上千。上班打卡，電腦說幾分就是幾分，你告訴它公司門口有坨狗屎你踩了一腳大便它也不會通融。慢五分鐘到火車站，車早開遠了剩你呆站在那兒肚裡一把火吧。

因為我們已經習慣有標準時間的生活。大部分的人是被鬧鐘喚醒的，睜開眼就是看幾點，還有誰拉開窗簾瞧瞧天色亮了幾分呢？我們信任鐘錶，遠勝過相信體內生理時鐘。於是我們經常如此安排：幾點出門，幾點用餐，幾點開會，幾點看電影。沒有一只準確的錶，我們沒有能力精準地生活。

錶是準的好，雖然有些人喜歡調快幾分鐘，好讓他在準備不及慢了五分十分，仍可「準時」，其實他們心裡對手錶的快分清楚得很，或許潛意識已將眼見的時刻緩了數分鐘。我交遊的朋友裡，有調快手錶習慣者，多半並不提早或準時赴約。先生與我都重視約定時間，因此這樣隨性的錶造成我們不小的困擾。於是先生只好經常對時，上班對公司的時鐘，吃飯對廚房的掛鐘，睡前對枕邊的鬧鐘……，但他得到一個結論：一座鐘一個調，任性地唱數著各自的步伐，沒有一個完全吻合中原標準時間，快慢甚至相去不下十分鐘。

儘管如此，母親花了錢買的錶，我們總想戴著；既然戴著錶，總希望報時準確。我懶洋洋躺在床上想：下回上臺北要直奔維修中心，軟硬兼施爭取一只精確的答案，畢竟他們販售的商品，名為手錶而非手環。當初母親購買時，銷售員對機械錶的缺點居然隻字未提。小兒在一旁東翻西滾，抓來枕巾塞入口中，滋滋吸吮起來，我抽開巾子，他又拉去品嘗，來回幾次，後來吃膩了便自己放下，繼續翻滾匍匐，我笑著看他玩，一忽兒半個鐘頭過去。我舒舒筋骨，起身要到廚房準備晚飯。說實話，我不是真的那麼在乎五分鐘吧。

疤

新春假期，兒時摯友小凡來訪，她見到我大兒子右眼角上逾一公分的疤痕，大呼：受傷怎麼沒去縫？這個傷口如及時縫合，疤一定會小很多的。

小凡與我自小互揭瘡疤嘻笑打鬧慣了，後來雖然同樣習醫，但她的專業含括醫學美容，我則從事臨終關懷，職場上幾無交集，卻不損彼此情誼，她手巧而我心細，終是各展所長。她對我有話直說，自從學會操作雷射、脈衝光儀器後，每回見面總要指著我腮上駁雜的斑：來啦，幫妳打掉。我也毫不客氣向她扮鬼臉：才不要！

然而這次，她返回客居地後，又鄭重其事地發了訊息給我：「我發現一般非外科系醫師對於傷口該如何處理，還是沒什麼概念。那個傷口是當時一定就該縫的，即使找不到整形外科，遇到細心點、會縫合的急診醫師用細線把傷口對合起來，也會好很多。」幾年前的難過被撩起，我假裝淡定故作俏皮回應：「我發現一般沒小孩的醫生對小孩受傷能如何處理，還是沒什麼概念。眼皮上的傷口妳覺得小孩會乖乖躺著任人擺布嗎？還不是要五花大綁夾住他的頭，要不就是打鎮定痲醉藥，粗魯一點的邊縫邊罵，或是運氣不好碰上像我這般手拙的醫生。外貌的完美無法補填內心空虛，何況完美原無標準定義，我愛孩子也愛他可愛的獨特的疤，我相信那個疤不會影響他人生表現，那種極度介意疤的心態才是負面的。」大概是我防衛語氣裡的挑釁意味惹惱了她，她又回信聲明：好好處理傷口是一種專業，她幫忙縫過不少同事小孩撞到額頭、眼皮的傷口，就算暫時施打鎮定劑也是安全無虞的，「妳不在意，妳就確定小孩長大以後不會在意？」最末這句話刺痛了我，眼淚垂滴不止。

我檢視周身尋疤。最早一道痕位左手食指上，是我趁母親燒菜時溜到父親診所備藥室把玩玻璃瓶裝針劑時不慎割傷的，印象中不甚疼痛，唯對自己調皮招致湧泉般的鮮血感到驚恐萬分。最長的有七八公分，棲左前臂內側，是小學寫功課想偷開電視，側身避過燙衣板時未留意到炙燒的熨斗，滋地烙了印記，心虛的我痛卻不敢吭聲，回身完成作業後下樓，母親瞥見通紅的傷，執起我的手問怎麼回事，這才哇一聲哭出來，略過想看電視的念頭不提，委屈數派熨斗不是。左腳背的眼形傷口發生在國中時，那晚父母外出，父親允我讀完書可看他預錄的瓊瑤連續劇特別節目，我興沖沖煮了泡麵，手一滑，在樓梯上摔了碗，厚重大瓷碗公砸破在足背，鮮血和著麵湯流過一階一階，我呼喊妹妹幫忙，剛在學校跌傷膝蓋的妹妹一跛一跛替我送來擰好的抹布，她無法久蹲，我還是得自己擦地。折騰許久終於拾罷碎片、撿畢了麵、止住血、抹乾階梯，悶悶打開電視、推入錄影帶，看不到五分鐘卻呈現灰點閃爍，再不見人影不聞人聲，原來稍早機械故障，節目根本沒錄完全。真是「最倒楣的一天」啊，我想起兒童作文範本中常見的命題。

隱身濃密髮叢下的傷痕卻是生死攸關。國中暑假隨學校遊學團赴美一個月後返家，遊覽車由桃園駛回嘉義，我撥了電話，在縣府廣場等待著，有名同學央我陪她到對面辦事，在那兒我瞧見母親的轎車抵達，興奮中摻揉時差與長途旅程的疲憊，一時忘了臺灣交通與美國大不相同，飛衝過馬路，被機車撞倒在母親車後，母親於車內並不知曉意外發生，還想著要倒車停妥再下來查看，幸而當時廣場上同學家長圍過來的異樣讓母親提前熄火，母親說她見到躺在後輪下的女孩長髮覆住整張臉，身著遊學團統一規定的棉衫，腳上布鞋又剛巧是我在美國新買的，在美國多添的三四公斤也令身形豐腴些，因而並沒想到會是我，直到將我翻過身來才嚇壞。我被送到附近醫院做了電腦斷層檢查，頭殼縫兩針，接續幾天頭暈嘔吐、渾渾噩噩。兩星期後大致恢復完全，我便不甚在意了，直到自己當了媽，方能體會母親當時的顫抖，心懷愧疚。

而我親愛的孩子，那個此時老膩著我說「媽媽我愛妳」、「媽媽妳對我這麼好」的孩子，將來會質問「我討厭眼上這個疤，妳當初為何不帶我去縫好」嗎？新春那天我輕撫孩子眼皮，對小凡說起我父親與弟弟臉上都有兒時傷疤，這是多數男孩的成長記號嘛。小凡卻言：妳不知道，這個時代年輕人可介意得很。

小凡以為我不介意。

我清楚記得那個傍晚，我在廚房炒菜，大兒子在客廳玩耍，小兒子睡餐搖椅上，忽然聽見客廳傳來大哭，大兒子眼角撞上桌角，滿頰血淚。最擔心視力受損，而察看傷勢判斷眼球未直接受強力撞擊，先放下半顆心，接著替他拭去血汙，輕壓止血，邊緊抱他說著安慰的話。我腦中翻轉過許多好好壞壞的情形、縫與不縫的拉扯：到急診室的運氣——畢竟我曾在急診受訓，見過各樣醫師；未經縫合的開放傷口，我所要擔負的照顧責任，以及發炎感染的可能性；針在孩子眼睛旁勾來鑽去將對我造成的壓力；鎮定藥物的風險；還有懷裡吸吮母乳的小兒，我不忍抱他一起上醫院折騰，也不能擱他在家……。當晚，孩子傷口似乎不疼了，略帶疲憊地坐在床上看電視，對他來說痛苦解除，我卻終夜怨怪自己的疏失，為何他跌跤時我困在瓦斯爐前分身乏術，為何我沒能創造一個夠安全的空間供他嬉戲，為何為何。

小凡以為只有那個疤。

光是右眼角便裂過兩回，大疤底下還躲著另個小疤，小兒子的眼角也稱兄道弟地砸傷過。大兒子的下巴同樣發生過一次小凡所謂「應縫而未縫」的撞擊，但地位隱蔽，正面側面都瞧不見。還有許多不見血的雜症：孩子玩鬧中拉傷手臂，因疼痛而連續十多個小時完全無法擺動，嚇得我以為他扯斷了臂神經叢；學校檢查雙眼視差頗大，卻又不是近視散光，就醫診察的等待過程中，醫學院裡習得各種罕見而萬劫不復的眼疾攫住思緒……縱使萬幸均安然過關，對一個老愛大驚小怪杞人憂天的母親而言，每每攝魂奪魄。

小凡說這個時代年輕人很介意疤。我想告訴小凡：這個時代醫學的確好進步，美容太神奇，年輕人可以恣意變成憧憬的漂亮模樣，可是這個時代，母親的願望依舊很卑微，我只期盼孩子們健康平安長大，假如他將來真的感覺那道疤礙了眼，那麼，小凡阿姨，再勞您替他修一修了。

近視

妹妹遺傳了祖父的遠視，很小便戴上眼鏡，當時我覺得自己運氣好，不用像她小小臉蛋架個大大眼鏡。五年級起，我的右眼不再能辨別1.2的C型缺口，先是0.6，接著0.2，而左眼還很健康，看黑板一點不吃力。

國中戴眼鏡的同學變多，我開始羨慕鏡框與鏡面散放的魔力，終於右眼達一百五十度，被允許配鏡，挑副棕色細框，拿到眼鏡就像買了件新裙子或髮飾般開心，在鏡子前顧盼好一番，第二天上課迫不及待戴上，每隔幾分鐘便用右手食指背推一推眼鏡，整堂課無法專心聽講，失望的是沒人對我的新眼鏡感興趣，一星期後便失去戴眼鏡的興致了。

我國中還算認真讀書，且有先天駝背姿，不曾保持三十公分以上的閱讀距離，閒暇時看了不少電視，數理都補習，假日不常到郊外踏青，為什麼度數加深的速度比許多同學慢，至今仍不解——當然這是份恩賜，我始終心懷感激。高中課業更加繁重，我的左眼終於棄守，陪右眼近視去了，高三赴補習班的百人大講堂，不得不配第二副眼鏡。

考上大學，愛美配了隱形眼鏡，但我慣用兩百多度的視力閱讀，隱形眼鏡的矯正視力下看書反而疲倦。有回和同學一起去看電影，空氣太乾燥，揉揉眼，隱形眼鏡就掉出來了。這些不便卻也不是造成我後來放棄隱形眼鏡的理由，而是發現戴隱形眼鏡的我其實沒有變得比較漂亮迷人，那還這麼麻煩做什麼呢？

到醫院實習後我才正式具備戴眼鏡的形象。為了怕走在醫院裡前輩遠遠跟我打招呼而我認不得，我去配了第三副眼鏡，出門便戴上。當住院醫師的過程中，反而慶幸眼鏡保護了眼睛，曾有病人的血迅雷不及掩耳地噴出，直濺在我的鏡片上。

近視的發展從學童時期到青少年逐漸定型，成年之後度數多半維持穩定，而我如今又過了那段穩定期，邁入人生另一階段，酸澀頻，模糊現，飛蚊出，更甚者，填寫資料時得取下眼鏡，這款動作無疑名之為老花。

人未老，眼先衰。眼睛當然需保養，但不是不願善待雙眼，今時放眼望去哪能見遠處景觀呢？還有縱使不肯同3C為伍，上班文書處理盡用電腦，寫作投稿也靠網路，睫狀肌收縮得好委屈，只能拒用平板不滑手機，企求人生還能讀書寫字到白髮蒼蒼步履蹣跚。

天下父母心，自己的視力可以將就，但孩子的雙眼必須好好保護，尤其大兒子在幼稚園時便因視力不佳而得定期追蹤，診斷為單眼遠視，醫師學妹輕鬆地說沒關係，現在遠視以後比較不會近視，我那時還聽不太懂，雖然很早便學過近視與遠視是物體經水晶體折射後聚焦落於視網膜的前方或是後方，而印象中妹妹的遠視在成長過程中慢慢轉變為近視。直到升三年級前，大兒子原本正常的那眼開始近視了，每晚點散瞳劑抑止近視度數驟升，又聽了學校辦的親師護眼講座，眼科醫師以淺白話語描述近視過程中眼球像氣球般不斷被吹大，眼軸愈拉愈長，度數也就愈來愈深，眼球脹大了球體表面自然變薄變脆弱，此即高度近視者視網膜剝離機率大增的原因，而遠視眼的眼軸先天較短，吹氣球會先吹到零度再開始近視。原來近視是負債，遠視是存款。

我早有心理準備孩子近視是遲早的事，但小學三年級對我來說還是太早了些，我花了一些時間覺得難受、查了點散瞳劑的利弊等資料，並奢望奇蹟出現的可能性，一個學期快過去，慢慢接受這個事實，並且慶幸他還有隻度數慢慢在消退的遠視眼，卻在這時候，剛上一年級的老二開始埋頭寫字、瞇眼視物，我心喊不妙，帶去眼科診所檢查，竟比哥哥的近視度數還深，我想起眼科醫師演講提到：近視度數在小學期間平均一年會增加一百度，中學每年五十度，所以如果小一就近視……

我陷入沮喪與自責中，當哥哥幼時視力不良，弟弟看視力表總是輕易過關，弟弟坐姿端正，向來不讓我操心，又愛運動，且自從知道哥哥近視後，我給兄弟倆各準備一個扭蛋計時器，他們看書寫字會自訂三十分鐘，鈴響則休息十分鐘，檯燈也都是新買的，……一定還有什麼地方沒做好吧，我很著急，是不是沒為他找到最適合的成長桌椅？LED燈太刺眼了嗎？我們去圖書館借太多書了，假日都埋在書堆裡，害了他？應該要多往戶外跑，當哥哥一年級上了排球課，我特別買了球，假日盡可能全家運動，後來隨著哥哥、妹妹長大，各有不同需求，又想弟弟有固定的羽球及跆拳道課，便很少特意為他安排什麼活動，對於夾縫中的老二，我常懷著滿滿的歉意，卻無能為力。

該再抽空多往外走走嗎？我居住的小鎮，夏天豔陽高照，紫外線強，冬季滿天灰濛，PM2.5值高，離開屋子是否真是更好的選擇？眼科醫生說：該知道的妳都知道了，該注意的我想妳也沒漏掉。母親說：多半是遺傳吧。但我不很放心，也不太甘心，母親年輕時視力好得很，父親高中才近視，公婆眼力也不差，孩子近視分明是受環境影響大，但是又何奈？

發現他近視後的幾天內我常唉聲嘆氣，這天晚上睡前我摟著他又嘆了口氣，他問：媽媽妳在擔心我的眼睛對不對？我說對啊，你擔不擔心？他說擔心，問他擔心什麼，他回答：我擔心有一天媽媽不在我的身邊。是呀，此刻我們母子平安相擁，不就是最大的福分嗎？我這樣神經兮兮憂心忡忡的媽媽，仍是孩子最大的依靠，我很少能給他完整獨立的陪伴時光，總是交雜哥哥妹妹的身影，然而他回應的愛總是完整。我忽然明白母親說的「遺傳」其實指的不僅是基因，而是為母者那份隨遇而安的從容，以及敬天惜福的心意。但願我可以漸漸像母親那樣寬容，我抱著兒子，吐出的氣輕輕散去。

離乳

我的哺乳路算幸運的，生逢醫療院所鼓勵哺餵母乳的年代，寶寶一出生便全日母嬰同室，大兒子楷初試啼聲受護士稱讚是個擅長吸吮的嬰孩，儘管如此，脹奶的疼痛還是令我嘶嘶嘶倒吸了大量空氣，為了要讓乳腺通暢，更必須擠壓疼痛的乳房，邊壓邊滴出少許珍貴初乳在乾淨小藥杯裡，但我臉上垂下淚水的量比奶水更多。一兩日內楷便起勁地喝上癮，有力的雙頰肌肉與牙齦攻破表面防線，乳頭滲出鮮紅血珠，只得換另一側暫時獨挑大梁。第一週的哺餵回回吸吮回回痛，但經歷了自然產程中巨大的爆破撕裂感後，接續幾日這般可以握拳咬唇忍下的疼痛都不足掛齒了。

在娘家坐月子是愉快的，當然稱不上輕鬆，但極端疲累時可以安心將孩子交託母親一兩個小時，小歇一頓，其餘時分幾乎守在孩子方圓百尺內，隨時等著換尿布餵奶。楷白天像布穀鐘，每小時報時喝奶，既然護士說哺餵母乳的原則是餓了就喝，我也就毫無限制地供餐，並充滿成就感地欣賞我逐漸卸下的脂肪長到他日趨圓胖的腿上。

凡事起頭難，餵上手後便愛極了哺乳時分，我獨占孩子，誰也插不了手，這是斷了臍帶後的新連結，孩子以深情眼神渴求，並且信任。楷兩個多月時我有要事須北上一趟，事前多擠了些母乳存放，託母親屆時溫奶後瓶餵，我離家一個時辰楷餓哭了，卻對裝到奶瓶裡的美食毫不賞光，直把塞進口中的奶嘴頂出來，撐到六小時才勉強喝下。

楷對奶瓶的排拒，可以想見我沒有一覺到天亮的福氣，夜裡一哭，我便側身翻衣伺候。曾與從前同事聊起，照顧嬰兒好像當年在內科值班，呼叫器響不停，她覺得比內科值班還累，因為內科三天輪一班，尚有可以安睡的夜晚；我則覺得比值班好多了，因為將乳汁送入兒口後，他儘管吸，我儘管繼續睡，完全不需離開暖暖的被窩，當然，寒流來襲時還是有些辛苦，無法穿著裹得密實的睡衣，並得三番兩次寬衣令涼意直灌胸膛。

有些媽媽覺得帶母乳寶寶外出時，餵奶成為一大困擾，我倒不曾為此所苦，方便的哺乳衣讓奶隨傳隨到，外出少了奶瓶奶粉溫水等配備，輕便得很。我不避諱在公共場合直接餵奶，但顧及旁人感受，如果沒有專用的哺乳室，我也盡可能面牆或找人潮較少處餵奶。網路上讀過某些媽媽氣呼呼地說在外哺乳被人糾舉，可以體會她們的怒氣，據說數十年前鄉村隨處可見婦女掏乳哺餵，沒人會指責這神聖的職務，而今大家衣冠楚楚反倒容易想入非非了。我本以為自己哺餵三個小孩的過程沒有冒犯過任何人，卻在近日妹妹生產後，姐妹倆開心分享哺乳經驗時她才告訴我，幾年前我們同回娘家期間，妹婿見到我在客廳哺乳，羞得落荒逃回房間。

有了老大的成功經驗，後頭弟弟妹妹喝起奶來更加暢快，幾乎是一生產完乳汁就順利分泌並很快達成供需平衡，疼痛感也減輕許多。乳汁成分大抵差不多，但三度哺乳氣氛大相逕庭，楷喝奶多半在寧靜平和的環境裡，我左手抱餵右手持書，頗有點薰陶的意味；次兒揚喝奶時我常邊照顧楷，抱著揚走來走去忙東忙西，似乎絲毫不影響他的胃口；小女蓓理論上是該當公主拉拔的，她喝奶卻往往不得安寧，顧不上她會不會受驚，我扯起喉嚨向正在爭執的楷與揚大吼。

三個孩子喝奶也有自個兒的節奏，楷一向知所進退，餐頻繁，食量大，但只要他一喝飽立即鬆口，毫不貪戀。揚的胃賁門成熟較遲，易吐奶，常在飽餐一頓後翻個身便悉量奉還，浸得滿衣滿鋪，清理完畢後又得重新吸奶，簡直像部抽脂機，拜他之賜，我達前所未有的苗條。蓓則出生數日便建立起她的日夜規律，晝多食而夜重眠，甚為可喜，然蓓易出汗，每喝奶必渾身溼意，她頭枕著我前臂，我皮膚也跟著起了一大片癢疹。蓓與揚同樣口慾更勝食慾，分明喝足了奶要入睡，我一抽身，他們往往又要驚醒啼哭，再討一頓吸吮，我只好換側再餵，揚一歲多喝奶不滿足時會喊「ㄚˇ邊ㄚˇ邊」，表示要換邊喝，蓓更是十個多月大時便清楚說出「喝ㄋㄟㄋㄟ」。

楷不曾以言語表達他對喝奶的渴望，在他即將邁入十個月時，我有個機會隨丈夫赴法旅遊一星期，將楷留在娘家，順便訓練斷奶，離家前最後一次餵楷喝奶，我悄悄流下眼淚，明白下回相逢，母子關係將邁入另個階段。回來聽母親說，楷乖巧得很，夜裡醒來，讓他喝些開水便又安睡，白天飲豆漿、吃飯菜，完全像個大孩子了。但楷一見我，雜揉著熟悉又生疏的委屈情緒崩潰，躲在母親身後探頭望著我哭泣，好一會兒才肯給我抱，抱起便要索奶，哭得肝腸寸斷，我心軟終於讓他貼在我胸前，他用力吸了幾口發現再也含不到源源不斷的乳汁，別過臉去，天崩地裂大哭一場後灑脫地長大了。

揚喝到一歲四個月時也有個類似的時機斷奶，丈夫與我帶楷安排數日的香港行，回家後揚同樣討奶，吸了幾口察覺有異，又試一下，出不來，再試，在他鍥而不捨的努力下，乳腺緩緩復甦，他繼續喝了數月，最後因入冬時節我患了嚴重的病毒感染，高燒一星期、渾身乏力，才中止了他的喝奶習慣。

對於蓓，由於我們的家庭計畫完成，往後沒有孕育的壓力，我打算順其自然餵到她不想喝，如今我的乳量應極少，因她睡前享用完畢後仍需補充大半杯水解渴。出遊太過疲憊時她偶會在車上睡著，搬到床上仍酣眠，但若居家生活中在她視線可及範圍內，我就甭想全身而睡。她夜裡愈來愈少哭，我卻清晨愈來愈早醒，伴隨上腹疼痛，想是胃炎或十二指腸潰瘍，向父親拿了些特效藥吃，好幾星期卻無改善，忍不住請父親替我安排胃鏡。檢查前夕，父親與我談及胃鏡過程、切片與否、幽門桿菌治療等問題，我說要吃大量抗生素的話，就想讓蓓斷奶了，畢竟這一點可有可無的營養，若摻了抗生素，便是弊多於利。

要斷奶了嗎？我反覆思索，這一回放手，是一輩子不會再回頭的經歷了呵。楷喝十個月，揚喝到一歲八個月，在我胃痛到受不住時，蓓將要兩歲半，這樣公平了嗎？對於出生便注定分配到二分之一、三分之一的媽媽，以倍數的餵乳歲月相賠，孩子們願意歡喜交易嗎？蓓，我們斷奶好嗎？……雖然口語總慣用「斷奶」，其實我更傾心的是另個溫柔的詞彙「離乳」，因為斷奶是一種決絕的姿態，而離乳卻蘊含了母者依依的身影。

也許你會原諒我

我一直相信你是個快樂的孩子，儘管你自嬰兒期便極少露出笑容，成長間我已習慣你淡然的表情，參與活動、收到禮物，問你感覺如何，你常音調無起伏地回答喜歡哪，高興啊，好哇。你向來不擅長說謊，我相信你說的感受。

我以為你的內斂，部分是由於早熟。幼稚園時你發現每個人都會死，非常難過，擦乾眼淚後對我說：「媽媽，我們可不可以永遠不要告訴弟弟說人會死，因為太傷心了。」小一，我與你分享我很有感觸的簡媜《紅嬰仔》裡頭文句──「把你走壯，把我們走老」，你又立刻紅了眼眶。你出生後，我們每年冬天都到墾丁度假，成為家庭年度儀式，讓大海見證逐漸茁壯或衰退的身軀，有回你問：「以後我可不可以也帶我的小孩來墾丁玩？」十歲生日前夕，我問你有什麼願望，你說希望接下來的人生過得慢一點。

我也記得自己小時候對時光飛逝的慌張，每到期末，在盼望寒暑假的歡欣中，總不免有些感傷。小學時期，身邊朋友無人能訴這種傷逝的感懷，暗裡我常獨自淌淚，所以當我看見你超齡的落寞時，不免擔心你是否憂鬱，幸而學校生活鍛鍊你成為開朗外向的男孩，天真活潑的弟弟也常熱力四射地感染著你。

母親給了我的，她的青春，如今我同樣要付出在你們身上，但會有所不同。我自幼即上許多才藝課，總是媽說：這個月開始上山葉音樂班；星期二到YMCA學英文；同學的媽媽在教芭蕾舞，去試試看；和妹妹一起去上畫圖課；作文寫不出來，那就到國語日報社報名吧。再過幾年，變成數學與理化，國中理化補習是痛苦的起端，媽聽說那老師教得好、離家又近，不由分說把我送去，我一直無法說服媽說那對我一點效果也沒有，因為我不敢告訴媽，她付了一疊疊鈔票，而我上課不是在打瞌睡，就是在編織綺夢。我不明白為什麼都懂的題目還要多聽三遍五遍，就算要補也想選擇跟同學一起去名嘴老師家聽笑話啊。進入高中後，補習成為生活經緯——物理化學英文數學甚至三民主義，大到數百人講堂，小至一對一家教——密密收攏了一千多個日子。這一切當然是為了進入好大學。

然而選擇的科系並非基於喜愛，讀起來意興闌珊，課餘轉了幾個社團，也只在合唱團留下。大一暑假，媽替我安排日本遊學，剛好那年合唱團要到日本演出順道旅遊，我問媽可否參加學校的，媽拒絕，說學校帶團只是去玩玩，她要我扎實地練習日文並吸收文化。那個暑假我認真上課，日文進步不少，閒暇時光搭電車晃晃走走，後來回想起來，那個月是多麼大的禮物，而從小被安排慣了的我根本不知如何把握，我總共進保齡球館八次，在附近的中野車站商圈逛了十多趟，每日收看就算聽不太懂也有時會覺得好笑的綜藝節目，最遠最滿足的冒險是欣賞西武隊的棒球賽。課堂上日文老師要我們用「羨慕」造句，「因為很幸福，我不羨慕任何人。」我造了一個連老師都很羨慕的句子，當下我是真誠的。

開學後，回到合唱團練唱時，覺得與大家的距離遙遠，再也無法唱到共鳴點，於是退出。然後課業愈來愈難，夢想愈來愈遠，我的大學生活就這麼慘慘淡淡。直到開始工作，同事看我成天愁眉不展，拖我去參加心靈成長課程，在宣洩講堂中，我狠狠捶打椅子，吼出在父母塑造的模型裡成長的憤怒；尋找渴望時，我聽見自己喊啞了的聲音：「我要快樂，我要做我自己。」

這也是我對你們的承諾，要讓你們快樂做自己。

因此我努力不去期盼你成為怎樣怎樣的人，不幻想你學什麼什麼才藝。在你看完管樂踩街表演回家，興致高昂地模仿敲擊時，我才帶你到打擊樂教室；上小學接觸圍棋，你有興趣而老師剛好在附近開班，便帶你去上課。都是你想要的。但我知道，有時我控制得不夠好，例如游泳，在你幼稚園畢業的暑假，我就要求你下水，教練花了兩個禮拜還無法馴服你對水的恐懼。我並不後悔白花的學費，如果怕水，不是更要早點接觸嗎？我在你那年紀的暑假就學會自由式了，其後的生命中，游泳是我唯一熱愛的運動項目，個中樂趣我一定要你感受。我知道我更控制不了別人，外婆在欣賞你小學運動會的大會舞表演後說：「肢體太不協調了，要學跳舞。」我帶你到舞蹈教室報名律動課程。弟弟上小學選了跆拳道社，隨後到教練的道館練拳，奶奶一直鼓吹，你終於也同弟弟練起手腳功夫。阿嬤深刻瞭解你，且眼光長遠，你原本是個稍嫌好靜的男孩，愛窩在書堆裡、頭愈埋愈低，三四年來每週固定運動使你不致過度單薄，更令我欣慰的是你逐漸愛上這些活動，在舞蹈教室開設武術課程時主動要求報名。

隨著課程進展，以及你們愈來愈濃厚多元的興趣，加上妹妹長大也加入行列，週六從上午到下午塞了滿滿行程，每期報名後我便得精算如何接送。你和弟弟課程緊湊，連回家吃飯時間也無，得提早備妥午餐，讓你們出門帶著，找空檔進食。無論是律動、武術、舞蹈或打擊樂，季末都開放觀摩課，為了觀賞你們演出，接送行程略有更動時，便要提醒你們延遲或提早乘車，但我從不會因此耽擱到你們的課。兩邊教室的老師與家長都看得出我們太忙碌，問過你：上這麼多課會不會太累？

不會的，你們真的好喜歡，每次發續班意願調查表，你們總是最早表態：我還要繼續上！因此我也不會太累。騎車途中，我常憶起小時學才藝與中學補習的光景，媽載我來來去去，而當時我從未留意到她在往返之間總有一趟空車，我以為她花了某些時間接送我，其實有兩倍之多。難怪當年爺爺看我和妹妹兩三天才開一次鋼琴，又摸沒幾下就收譜時忍不住嘆氣：「枉費妳媽那麼辛苦載妳們。」

但你們不同，你們真心喜愛才藝課，縱使為了這些課，我替全家推掉所有星期六邀約——朋友的親子野餐派對、學校的摸彩園遊會、文友的新書發表聚會……在所不惜。律動課在我眼裡，最初不過是舒活筋骨，但年年累積，我見到你們顯著又細微的成長，你開始對自己舉手投足有了信心，你與家人的親密接觸並不因年歲成長而退卻，你坦然正視自己的長處與短處，在這兒你也交到最好的朋友。至於音樂，最近你對我說，假如到國中功課真的變重，許多課都不能上了，至少你想保留打擊樂，你好喜歡合奏。

國中功課確實重些，不久後你也許會察覺，許多同學在高年級已展開國中先修班。是的，周圍家長拋來訊息：數學一定要補習，考私中才有機會進好班；英文光靠學校教的絕對不夠……這樣的氛圍裡，我沒有把握還可以替你擋多久，但眼見再兩年你便要進入國中，屆時輔導課將悠長的暑假一刀兩斷，再沒有那樣暢快的感覺，這個暑假我還是如往年替你們報名了各種有趣的營隊活動：羽球、桌球、魔術、造型氣球……

你和弟弟開啟夏令營模式，早上打球，下午游泳，我則因發現書櫃嚴重受潮以致許多藏書染上黃斑，奮力搶救中，對你們除了注意安全外別無要求，運動以外的時光任你們自由享用。那日游完泳回到家，正下著滂沱大雨，我將車停入車庫後進屋內準備晚餐，而你們留在車庫門口試著甩掉傘上的水滴，後來你們發現車庫外遮雨棚傾瀉下比豪雨更劇烈的水柱，便撐起傘到水柱下，還將傘一開一闔地炸出陣陣水花，並蹦蹦跳跳濺溼全身，過了好一會兒，你們帶著清亮的笑聲推門走入，我回頭見到你笑得挺不直腰，你說：「我們剛才好High呵，我……」你的話被笑聲切成一段段，「我好像……第一次……十年來……第一次這……這麼High。」你有一部分甦醒了，而我有一部分清醒了。

我終究還是虧欠你一個真正快樂的童年。你會不會到青春期、到二十歲、到三十歲，忽然發現心底壓抑許久的困獸想脫出，而自己居然錯過可以幼稚可以揮霍的大把光陰？然後你也許將被新的牽絆拴住……有那麼一天，你再度造訪墾丁沙灣，晒著晴好日光，聽海浪拍擊，當你的孩子毫無保留的眼神與你對望，或許，那時刻，你會願意原諒我。

我們的，母語

前年外公過世，追思典禮上母親以流利臺語表露孺慕情懷，事後她告訴我，至此方驚覺自己的母語果然是臺灣話，她曾嘗試用國語演練講稿卻不成。我倒是不驚訝，或者說，更早些年我便驚訝過了，大學暑假返家，初次聽見父母間長篇對話全用臺語，「簡直不敢相信自己的耳朵」來形容並不為過。母親應不是訝異於臺語的流暢，而是無法置信真情至性轉為言詞時，她以為拿手的國語竟無法成為選項。她中學摯友是外省人，最喜愛的科目是國文，為了不讓父母聽懂，姐妹朋友的對話故意在字間添個「思」發音，我思們思明思天思去思看思電思影。

理所當然地，外婆生下母親，並教會她臺語，然後無可奈何地，母親生下我（當然無可奈何的不是這點），卻教我國語。外婆過世得早，當我學會連續用臺語講五句話時，妙語如珠的她已遠離凡塵語言紛紛擾擾，一向倚賴妻子對外發言的外公只得重新學說話。時光前溯至外公牙牙學語年代，外曾祖母教他臺語，但他上學讀日本語。書扎扎實實讀了多年，念日文版《桃花源記》，看《源氏物語》，七十幾歲的外公自豪地說到日本旅行時被當地人稱讚「日文說得甚至比許多日本人還好」，而跟孫子講話，三句卻有兩句不通。國語穿插在蹩腳的臺語間，我還算不難溝通的孫女，移民美國表弟妹說的則是英文與勉強的中文相雜。我見到外公在昏黃燈下埋頭抄寫單字：book，boy，hand，apple，kindergarten，I love you……

這位「非常nice的grandpa」，子孫都想多親近，表弟成年後認真學臺語，表妹日文通過一級檢定考，盡可能將溝通的鴻溝減低到剩下代溝，外公拚老命死記的英語直到菲籍外傭到來才派上用場，go out，yes，thank you，tomorrow morning，five o'clock，dinner……

漸漸地這塊土地上外來族群聲勢壯大起來，我們起了名叫「外勞」及「外配」，不只十八次聽人以鄙夷聲調將二詞混用：「伊去娶一個外勞啊啦。」殊不知抽去外勞與外配，孤島岌岌可危垂垂老矣。同樣是外配，己身血緣決定了懸殊地位，曾聽韓國籍太太抱怨：為何進臺灣海關走跟東南亞配偶同道門，由日本嫁過來的朋友卻與歐美籍一路。埋怨著被輕視，埋怨裡帶著輕視。

高低相對，人性殘酷放諸四海皆準，嫁入日本家庭的好友裕子難過於被婆家以「外籍新娘」相待，她窮盡己力相夫教子博得認同。也算外「籍」新娘的妹妹因定居美國加州這個族群大熔爐，妹夫又是ABC（American-born Chinese），她反而在開放的社會中海闊天空，並倚仗著深厚國文基礎，成為雙語小學爭相延聘的老師。

雙語是時代潮流。有個笑話說：會兩種語言的人，英文叫**bilingual**，通三語者是**trilingual**，那只會說一種語言的呢？叫**American**。作為世界通用語言，相較之下，英文易學易講，不像「山明水秀」、「酸甜苦辣」四聲，漢字點撇捺勾。臺語真難，花是〔灰〕，火是〔會〕，唯有神和臺灣人才相信：〔灰害〕是火海不是花海，臺灣神當然懂，外國神也不落神後，早年來的傳教士多半說得一口道地臺語，碧眼配上金髮或灰髮，開口「呷飽未」，實在足感心。

當褐髮藍眸的男孩字正腔圓地說「我爸是澳洲人，在臺灣教英文，我從小就只學國語」則逗人發噱。混血家庭語言發展，家家有本隨緣的經。日文老師初來臺灣時幾乎不懂國語，天天對孩子說日語，如今兒女求職，日文成了專業知識外的優勢。嫁美國人的表姐在職場英文說寫流暢，且兼私人中文家教，但她未能在國語環境下成長的女兒反倒利用暑假回臺灣學中文。年輕夫婦誇下海口將來要讓小孩精通多種語言：「我和老婆中英文都好，我還會西班牙語，她學過日語，我媽說上海話，她媽講閩南語，我弟媳是韓國人，她姨丈說德語……」一聽就知道小孩都還沒出生呢。專家說三歲前是習語黃金期，教多少語言都吸收得了，不用擔心孩子錯亂。說得沒錯，多頻語聲切換訓練，錯亂的是家長。光罵小孩嘛，脫口而出總是親子間最熟稔的話，未必是父母的母語，也要小孩聽得懂才不枉費。

得已或不得已選擇非母語為日常語言者，說夢話和吵架最易表露身分。中韓情侶平時妥協以英文溝通，爭執時男孩咒一句中文女孩回敬三句韓語。長年無法以母語同人交談，滯鬱難當，赴日與好友裕子相會，她開心拉著我的手：「跟妳講話真好，我中文都快忘光了。」有回跟外公一道出遊，途中見到三位日本女孩，二十上下年紀，平素內向的外公忽然走上前以日文攀談：「妳們從哪裡來？」其中一人答「日本」，外公接著說：「我知道是日本，我是問妳們住日本哪兒呢？」回答的女孩似乎被同伴嘲笑，紅著臉跑開了，會不會覺得遇到「怪爺爺」了？很想告訴她：阿公只是想找人說日本話。但日語算外公的母語嗎？而裕子和我的母語是國語嗎？

兒子帶回閩南語課本說上母語課好吃力。他學單詞含腔帶調，遑論完整語句。都怪當爸媽的在家不說臺語，夫妻倆純用國語思考國語生氣國語示愛，只有各自看診時不得不以臺語跟年長患者溝通，我臺語發音被病患改過不少次，丈夫更受到「請問醫師是華僑嗎」的質疑。我央長輩儘量說臺語給孩子聽，但臺語問句出，孩子聽懂時國語返答，要不便敷衍一句「聽無」，跑掉了。久之，孩子的優勢語言獲勝。

戒嚴時代的語言洗劫獲得壓倒性勝利，教我國語的父母和教書多年的公婆，一般家常會話都毫無窒礙地使用非母語，甚至連年近九十的外公抱起三個月大的曾孫，並不用臺語喊他，也未唱起日本童謠，竟說：「乖孩子在哪兒啊？」清楚聽見他明明確確捲起舌頭發出「兒」音，一陣鼻酸。

古語的典雅莊重抑揚頓挫衰微，生動貼切的閩南語俗諺如落葉四散歸土安息，我們落失了的成為上一代的失落。太陽花學運領袖早已堅定表態：我是林飛帆，我主張臺灣獨立。數十萬人面前他凜然演說，但我發現即使僅數十人場合，他的臺語演講時有停頓，且不免夾雜國語名詞。可喜的是，自洪仲丘事件以來的公民社會運動，不乏新生代臺語創作歌曲，撼動人心。那些或許昔時曾因說方言被扣操行成績的同伴哪，我衷心感謝他們攜帶臺灣本土語言進入下一個世代。

而下一代將如何傳遞與保存所謂母語？端午將近，兒子轉述母語課堂上聽的白蛇傳故事，我好奇如此曲折複雜的情節他如何能聽懂，「因為影片是講國語的啊。那媽媽妳小時候母語課上什麼？」

媽媽小時候沒有母語課。這麼好呵，兒子露出不可思議的表情羨慕著。媽媽小時候啊……該怎麼說呢？……現在還有小學不用上母語課嗎？兒子追問。我搖頭，望著他失望表情，忽想起逢解嚴後的高中時期，國文老師領全班以臺語朗誦古詩，鏗鏘有致，餘韻繞梁。我拿出《唐詩選集》：「上回背王維〈雜詩〉，讀起來好像沒押韻，其實臺語發音，來、事、未都帶『一』的韻；〈尋隱者不遇〉、〈金縷衣〉、〈長干行〉……也用臺語念念看。」「媽媽妳再教我這首，還有這首……真的好神奇呵。」兒子興致勃勃研究起來。

這是身為母親，我唯一能為母語做的事了。

輯二　慢城市集

林家藏書

祖父喜歡寫字。硬筆、毛筆，大字、小字，漢文、英文，黑色、紅色。庭園桌上恆常擺放一瓶紅墨水，是為了隨時書寫供孫輩臨摹的字帖。據伯父說，早年祖父下筆並不漂亮，祖母倒是寫了一手好字，祖父不甘落後，婚後勤奮練習。我來不及見識祖母的字跡，祖母在我認得第一個字前便已離世。而祖父，我一直就認為他是個寫字的人，每天不停地寫，提筆教我幾句諺語，在家中每冊書上簽名，並生產我們姐妹永遠臨不完的帖子。直到今日我才想起，或許那是祖父紀念祖母的方式，一種虛擬的競賽，或是懷想。祖母單名「帖」。

祖父的四名子女都擅長寫字。伯父筆跡俊秀挺拔，父親堅毅有格，大姑閑靜溫婉的字恰如其人，二姑豪氣灑脫的字體最像祖父。相較於飛揚的原子筆順，祖父端莊的毛筆字帖更讓我心服口服。是了，磨墨臨帖總要端坐挺胸，持筆的手懸空，抖得厲害，祖父經常站在身後握住我的手，一橫一捺領我寫幾個字，祖父離開上洗手間去，我的手腕便偷懶靠在桌面滑行，潦草將字帖當著色畫逐一填滿，聽到祖父的腳步聲又趕緊收斂散漫抬高前臂……，墨條很香，風一吹混著祖父髮油的味兒，是我記憶中知識的氣息。

祖父的髮所餘不多不少，銀白銀白的，總是沾髮油梳得光亮服貼，他愛乾淨，每天用肥皂洗頭，所以從不會發出難聞的油臊味。而我更崇拜的是他髮下密密實實充填的天文地理，全家人加起來懂的還沒有他一個人多，讀過的書更遑論及其一二。他買古典文學名著：《三國演義》或《老殘遊記》或《聊齋誌異》；字典：成語或中英辭典；畫冊：黃君璧或齊白石或溥心畬；中學參考書：數學、物理、化學、英文；還有營養學概論、羅蘭散文……以及圖畫故事書。

祖父送我的第一樣生日禮物是一部「華一兒童啟蒙文學」，精裝十二本，從《三十六孝》、《唐詩》到《菜根譚》，菊版八開雪銅彩色印刷。每本書第一頁都有他題上的字：「一九八三年某月某日　祝林育靖生日　爺爺贈與之」，而扉頁與末頁則是畫符般也許是「林」的英文拼音。我很開心擁有一部標記我姓名的讀物。不久後又有套「華一兒童通俗文學」，《水滸傳》至《今古奇觀》，盈饜了我對歷史故事的渴想。「林家藏書」大字在二十本書上親切踩了四十腳，伴隨些許方圓印記。

我對那些印章興趣甚濃。「學富五車、識博十方」、「孤芳自賞」，大約是祖父的自信與自負，以及濃濃而後淡淡的懷才不遇的無奈；「淵明歸來、松菊猶存、欣欣向榮、悅顏暢敘」、「溪邊洗硯魚吞墨，松下煮茶鶴避煙」和「早茶鳥語花香，夜月薰香書韻」，是他渴求的世外桃源生活；也有些古體篆印我認不全；而我最愛「慈雨」及「枇杷晚翠」，不解其義卻故作浪漫地摹仿著用紅筆描繪紙上……

然而隨著年紀增長，對自我標記的字跡要求愈來愈高，並不喜歡他任意在屬於我的書上做記號，尤其他拿起一本書至少破壞三頁美觀——他說：封面與封底都該寫名字，書的內容還要翻一頁簽上名，萬一整個封套破損遺落，尚能找到所有權的證據。每學期初發新課本，我總立刻在封底寫上名字，包好書套收進書包，免得落入祖父手中徒失優雅。

儘管我辜負他的好意，祖父簽書的興致始終未減。《二十年目睹之怪現狀》，文源書局印行，一九七五年九月十五日於全國書展買之，本書七十二元，特砂每斤九點五元，赤肉每斤七十元，雀巢咖啡十盎司一百六十元，雞蛋每斤二十二元，淺草海苔十片裝十五元。《四書讀本》，世一書局印行，一九八八年於興中派出所對面溢元書局買之，本書九十元，赤肉每斤九十元，米六公斤一百五十元，立頓紅茶包一百入九十五元，UCC咖啡一百克一百七十元，可樂三百五十毫升一罐十二元，統一沙拉油三公斤八十五元，葡萄乾十五盎司三十六元，海苔一百枚二百七十元。《陶淵明全集》，前程出版社，一九九〇年立委補選之日於義豐書局買之，本書一一九元，米五公斤一百六十元，雞蛋每斤十八元，雀巢咖啡一百克一百一十元，味王味素五百克五十四元，奶精五百克五十四元，新聞報月費三百元，錢值倍數：約三百元等於戰前壹元（一九二〇年）。「林家藏書」落款見證臺灣經濟發展史。

想起中學歷史課，老師明訂加分規則，教到某朝代，攜相關課外讀物到校者可加分，老師會將書帶至其他班級傳閱。我拎了通俗文學第十五冊《東周列國誌》，領了一分。過幾日老師卻說：忘記書傳到哪一班，找不回來了。

那時我不甚在意，其實白紙黑字「林家藏書」，豈有尋不回的道理？但畢竟分數到手，書失而無憾。那年祖父仍健在。《東周列國誌》早讀過數遍。其餘的十九本書上祖父筆跡鮮明。然後祖父過世。我漸漸忘記東周列國的故事。一年一年我買新的書，從來沒寫名字，我借誰書，誰借我書，慢慢分不清書架上哪一本是我的還是誰的書，我肯定買過的《傷心咖啡店之歌》還有《紅色水印》到底在誰家裡？

我忽然想提筆。

《十三座城市》，馬可孛羅出版，二〇一〇年五月，於小學同學李某某任職之鴻圖書局買之，本書二百七十元，雞蛋每斤二十四元，台梗九號米三點四公斤一百七十九元，統一布丁三盒裝二十五元，M牌尿布特大號三十四片裝會員每週開封價二百五十九元，立頓紅茶包一百入一〇九元，中型虱目魚肚一副五十元……，頂好是能回娘家找出枇杷晚翠的印章，蓋在「林家藏書」四個大字旁……啊，不，該寫「呂家藏書」才是了噢。

晝寢

當年宰予晝寢，被孔老夫子訓了個狗血淋頭，留給後世「朽木不可雕也」的絕妙罵詞，國中讀到這段論語時好同情宰予，因為我也是愛睡一族，沒睡飽啥事都免談。老師提到曾有人將「宰予晝寢」譯為「殺了我也還是要白天睡覺」，全班笑得捧腹捶桌，宰予被罵時的無辜眼神便活靈活現地在我眼前閃，真想走上前去拉拉他的衣角說：好哥哥你快別難過了。

宰予究竟是怎麼個晝寢法，歷史上好像也沒個定論，想學生睡得讓老師大動肝火，恐怕是當夫子窮盡畢生所悟傾囊相授，在臺上教得口沫橫飛，宰予卻擋不住地心引力地晃頭晃腦，孔先生畢竟是有修養的文人，只說了幾句重話，某個年代的人都知道，這般瞌睡是會引爆粉筆彈噴發的。可是，大家摸摸良心唄，打瞌睡豈是你努力控制就停得下來的？回想我的青春歲月，噯，這事週週上演哪，好在大都發生在太陽下山後的補習時光，才沒睡成一堵糞土牆。百餘人的大班教學，昏昏沉沉到頭狠狠點了一下驚醒，覺得有點丟臉，但因羞愧產生的振奮荷爾蒙竟然支撐不了十分鐘，又開始恍惚，擔心再次睡到肌肉喪失張力，用手支撐頭部，老師的聲音卻總是飄飄忽忽，後來似乎聽見老師說有同學在打瞌睡呵該起床了，勉強回過神，拿筆的右手在紙上畫了畫假裝抄筆記。

無論講堂大小，我總是好容易被催眠。英文班老師每堂課都讓一桌八九位同學輪流讀文法書上的例句，老師說我有特異功能，可以一路睡到我前一位同學朗讀時醒來，完成我負責的文句後再接續睡眠。高三那年嚴重睡眠不足，連到家裡來的數學家教，都在紙上講解完題目、抬頭看我時撞見我將闔上的雙眼，老師倉皇掉離眼神，從此不敢輕易抬頭。真真不願如此，然而我甚至效法古人懸梁刺股般把自己擰得手背瘀青了，還是無法把神清氣爽的靈魂召喚回來。

但話說回來，孔夫子罵的是「晝寢」，想來他對我補習打瞌睡不至於責備得太重，說不定還要大大抨擊教育制度一番，怎麼把白天聰明伶俐的孩子搞得晚上這般狼狽。

另有一說，宰予根本沒進教室，白天蹺課躲在家裡補眠。這就挺不應該了，束脩已奉，不去上課是浪費金錢、辜負老師、糟蹋自己學習的大好時光。不過我也只好低著頭紅著臉承認：上大學後，這般壞孩子行徑我做過不只一次，當然都是挑好欺負的老師，剛從壓榨式學習的牢籠脫出，那是種對自由的幼稚挑戰。後來我有機會教過幾堂大學生的課，看到臺下吃早餐的吃早餐、趴著睡的趴著睡，一肚子火只能乾燒，想起大學時一位上課認真又好脾氣的老師說：要睡覺的可以坐後面一點，打呼不會吵到聽課的同學，下課前要畫重點時我會叫你們。那位老師深受同學愛戴，雖然以孔子的標準來說算是鄉愿，好老師應該是「認真的同學喜歡，偷懶的同學討厭」才對吧。

當年宰予晝寢無論實情如何，在日出而作日落而息的數千載間始終被認為不恰當，然而只要夜裡有光，就會有不睡的人；一旦有夜醒者，必有晝寢之輩。昔時不乏秉燭夜遊的騷人墨客，近代作品中亦不罕見寫作者貪夜之靜謐祥和，伏案書寫至天光。何況網路時代地球村，白天黑夜已無法果決的一刀兩斷，與太平洋彼岸的網友或客戶雲端相會，陽光總不會兩方都露臉；工廠生產線一刻不停歇，工作人員無法像機器二十四小時運轉，只好白班夜班輪替上，孩子同學的爸爸便是過著這般一週晝寢一週夜寢的生活，看著他年復一年還能精神奕奕接送孩子，好生敬佩。

從前精神科教授曾說：「現代人失眠的罪魁禍首是愛迪生，電燈的發明創造了大批文明病群眾。」但鎢絲燈泡畢竟威力有限，誘惑得了人，騙不到植物，如今沿路ＬＥＤ路燈明亮又省電，卻亮晃晃地把農作都照暈了。儘管如此，現代便捷的夜生活還是給人們帶來不可抹滅的好處，不怕夜裡餓著、病著。

便利商店是臺灣夜裡奇特的風景，總覺得夜裡閒逛便利商店買消夜的人，要預先準備食糧甚至自行加熱並不困難，他們踅進店裡，與其說是為了覓食，或許更大的成分是尋求一份慰藉、一縷人的溫度，及一種存在感。而夜裡最必要的清醒建築當然是急診室，因應急診上班的醫護職員，以及生病陪病的清醒者，也確實該有些販售果腹食品、生活用品的店家成為後盾。

這些夜裡辛勤工作的人們，白天當然要睡個好覺。孔老夫子要是來現代走一遭，必不忍對「晝寢」二字施以如此殘酷的批判。我在住院醫師訓練期間曾於急診受訓，跟著急診醫師排班，一個月裡要排上九個白班、九個夜班，理想的狀態當然是把白班跟夜班各自集中，以免生理時鐘在日夜不斷交替工作之下崩潰，然而除了急診排班，我們在家庭醫學科內的門診也不能停，因此即使夜班當中也夾雜白天必須清醒看診的日子。最累的是上午八點卸下急診班，要撐到下午兩點再看三小時門診，當時畢竟還年輕，急診下班後乾脆去看場早場電影再回醫院繼續看診。沒有門診的夜班日，上午回到家，所住二樓公寓迎向熱鬧的十字路口，樓下是店面，鄰戶是辦公室，電話鈴鈴鈴，人進進出出開關門砰砰砰，我躺在床上、棉被蓋在臉上、窗簾拉得緊緊的一點不透光，但空氣裡震動著的白晝氣息滲透我渾身細胞，沒一根神經放鬆得了，不時睜眼看鬧鐘，等睡意培養到極致時也差不多該起床上班了。當然，日復一日的訓練，加上夜復一夜的疲憊，最後還是可以達到白天熟睡的境界，問題是又睡太熟了，有回我輪白班，迷迷糊糊中接到電話：「林醫師，九點多了妳怎麼還沒來上班呢？」我只需熬過四個月的急診訓練，急診科醫師長期日夜班交替，多半有些天賦異稟，其毅力也令人感佩。輪三班的護理師們更辛苦，慘烈的是排到「花花班表」，整個月內白班、小夜、大夜不規則交替，真是折磨煞人了。

白天這麼難睡，後來才發現，能有這種困擾，其實是福氣，表示在夜裡通常可以得到安眠。這些年來照顧安寧病患，失眠是他們名列前茅的苦惱，家屬常指控病人夜間的不當言行或無奈症狀——有胡言亂語、疑神疑鬼的，例如三十年前過世的親人老在太陽下山後來訪，攪得病患心神不寧；有一躺下就又喘又咳幾乎無法呼吸的，只好背上墊了三五個枕頭倚著，或乾脆趴在桌板上睡，此般睡姿，難以撐過一個鐘頭。而日夜顛倒則是家屬百口莫辯的痛，往往我到家裡探視時，病人好端端躺在床上呼呼大睡，家屬立在一旁搖頭嘆息道：才剛睡……怎麼每次醫生來就這麼乖？其實生命盡頭就在眼前，何必拘泥白天還是晚上睡覺呢？萬般病苦的軀體，能得到一絲休息便是福氣，如果白晝的陽光與活力能帶來安適，可以放心憩息，晝寢對他們不失為補充元氣的好方法，然而總得顧慮到照顧者的精神體力，如今能在患者身畔親力親為的家人已值得嘉許敬重，怎捨得要他們順著病人體內時鐘而打亂整個家庭作息，於是我除了加強症狀控制的用藥，往往也開立鎮靜安眠藥丸，或許想壓下他腦中澎湃的思緒，或許想推開他的死亡恐懼，強迫他們夜裡昏沉，然而我心底總有一個小小的聲音：或許，我只是想逃避自己的無能為力。

安眠藥當然不保證有效，所以夜裡累著了的照顧者，最後也不得不利用白天補眠。曾聽見護理師告訴家屬：白天趁病人睡著時，你也趕快去瞇一下。這句話我是說不出口的，因為我總清楚記得哺育孩子那些年間，夜夜被餵奶、換尿布斬得零零星星的睡眠，造成長期精神不清爽，書上也建議母親利用孩子午寐等時光跟著休息，問題是孩子睡時，有時我反而亢奮得很，有時我另有要事，未必能那樣如意啊。

於是一代復一代，人就這麼晝夜不分地來到世上，連累最親近的人，然後被訓練，被規範，被制約，等老或病到脫序了，失衡了，出軌了，連累身邊親近的人後，再晝夜不分地離去。

如此想來，宰予晝寢大概就是隨興灑脫了些，也稱不上什麼大過。只是再細細思索，人生能日夜分明的歲月確實無多，好好把握總是對的，孔老夫子畢竟教訓的是。

隔離記事

小鎮上出現一名新冠肺炎確診病例，境外移入，原則上只與一人接觸，但是「聽說」，居家檢疫期間曾經外出購物，足跡擴及便利店、雜貨商行與生鮮賣場，與我平日購物場域略有相疊，憂心忡忡的我決定自主健康管理十四天，除了戴緊口罩接送小孩上下學與上市場採買必須食糧外，終日閉關在家。

閉關期間，我又想起了客廳裡一櫥的書。

話說新婚裝潢期間，丈夫與我都一再跟設計師強調書櫃的重要，設計師指著書房兩面牆的書櫃，再拉我們到預備的兒童房裡：「喏，這兒也還有呢！夠了啦夠了啦，不然你們書是有多少？」

我陸陸續續從以前臺北的住處搬回一疊一疊散文集與小說，小心翼翼置入書桌旁的落地書櫥，書況都很好，當年我特別寶惜它們，父親替我設計那個房間時費心訂做了超厚底書櫃，他說扎實的木板才承受得了我厚厚的醫學原文書，但我辜負他了，堅固地基上殺雞用牛刀地整齊陳列著九歌、爾雅等出版社的巨作或小品，擔心溼氣太重傷了書，我還擺進除溼盒，定期更換。

雖然醫學書不是我心頭上的肉，但該帶回來的也得帶，畢竟那些是我賴以維生的工具書，吃書一口，還書一斗，這點基本的道義我還是有的。醫學書占的體積通常不小，很快便將我書桌頂上四大格書櫃塞了個半滿。我回頭看對牆丈夫的書櫃，嗯，他不愧是位認真向學的好醫生，他的四個大格，盡是硬皮精裝、爬滿密密麻麻英文字的各領域醫學聖經。

婚後定居的小鎮購書不易，但我仍不時從網路或都市的實體書店添買。後來念研究所時學到催眠，學到質性研究，學到能量醫學，都是從前毫無涉獵的範疇，補充讀物一買便十來本；婆婆極重養生，接連送來一冊又一冊的醫療保健祕笈……，我原先還按出版社、作家排列，讓文學愛書居有定所，禁不起這一波波外侮，愛書全瑟縮角落去了。

就在那幾年間，兒童房的書櫃也不知不覺增生許多繪本與套書，甚至開始有雜誌定期定額進駐，原先櫥裡還擺些玩具或飾品，不多久便被書擠得水洩不通。當我發覺自己的書櫃已不堪負荷時，兒童房的書櫃以驕傲的飽漢之姿阻絕我的非分之想。

我靈機一動，打起一樓客廳展示櫥的主意。展示櫥具有隔板、木框玻璃門面，權充書櫃也不委屈誰，我興致勃勃搬移親友送的結婚賀禮陶瓷人偶等物，將櫥櫃徹底抹了乾淨，再將書重新分類擺放：古典詩詞、西洋文學、日本小說、文學獎作品集、中國作家等等，收藏品中為數最眾的現代臺灣作家還依性別、文體區分，各據不同隔間，將它們安置妥當後，我心滿意足地望向新書櫃裡尚存的空缺。

然後我依然買書，但速度緩了些；我仍舊讀書，但頻度疏了些。大部分的時光，我必須穿梭在廚房切洗燉炒，或是陪孩子念ㄅㄆㄇ、練習加法減法。客廳書櫥是我的安慰，每天送丈夫、孩子出門後，一望眼就是令我心安的存在。漸漸地，我打開書櫥放入新書比拿出舊書重讀的機會高得多。

幾年後暑假的某一天，我抽出一本書發現上頭染了星星點點的黃斑時，疫情早已無可阻攔地擴散出去了。假期中的孩子縱情嬉耍，而我則焦急又自責地搶救著，把書全鋪到沙發上，將書櫃木板上下左右刷乾淨，再把染黴的書封用擰乾的溼布擦拭過，錯落擺放陰乾。有些書封材質大約摻有塑膠成分，溼布帶走一朵朵小菌落，令人不悅的黏膩感在梳洗後尚能見人，有些顯然徹首徹尾是純粹紙漿，愛好自然的菌絲早已扎根其中，不可自拔，亦不可他拔。

所有的書檢視一回，我偏愛而放在低層方便拿取的書群傷勢最重，第一二層的書叢裡，除了唯一非文學類的食譜區——為了烹飪參考的便利性，它們得以躋身坐落廚房鄰室的文學書櫃一角——因我時常抽取翻閱而倖免於難，其餘無一隔間得以全身而退。心疼的是，好幾本文友及師長的親筆簽名書，黴斑泛得特別廣，不僅封罩扉頁，還滲筋透骨地往內鑽得難分難捨，難道黴菌也識貨？

難過得想掉淚，但想到淚一滴下徒增溼氣，便又無可奈何地往肚裡吞，提醒自己往後必得定期開櫥並開除溼機。幾番猶豫該如何處置傷殘書冊，將它們重新劃分為毫髮無傷區、大病初癒區及病入膏肓區嗎？是否應不分國界不論屬性地將完好的書集中保全，而染黴者則互相依靠取暖呢？最後我還是按原位將它們遣返，一來我發現，環境溼度與取書頻度固然影響甚鉅，但書本的體質畢竟注定了它是否受感染，同一隔間裡，也有緊挨著斑痕累累的書卻能出淤泥而不染的；書的新舊亦不具指標意義，二十年前購得的書本年輕貌美，前兩年買的反倒滄桑成一尊老翁。二來，一眼望去熟悉的擺位，才不會一再提醒我因多年疏懶對它們造成無可挽回的傷害。

於是我繼續自欺欺人地生活著，一回孩子的老師來做家庭訪問，一進門便大為讚嘆客廳那一櫥藏書，羨慕地說那是他的夢想啊！我趕緊顧左右而言他，就怕老師對書太過傾心而要求我打開櫃門讓他聞香。因為內疚，加上對收藏之事已無把握，我很少再買書了，當然，一年還是會忍不住添個三本五本，就往書房塞、往娘家藏、往床頭擺。對了，客廳書櫃中原有一冊散文選，當時重創第一名，整個封面像長滿天花，但紙質又堅韌，稍經通風後也不再散發霉味兒，我便將它擱入洗手間裡，幾年下來，每個篇章少說讀過十來遍，真是潘安喪貌，焉知非福。

如今閉關的我與閉關的書相望，悶亂又惶然的心情之下，總覺得該趁這段期間再替群書盡些什麼心力，卻又無從下手，隨手抽幾本又擱回，它們大部分停留在浩劫當年的模樣，少數幾本，似乎緩緩地又蒼老一些。隔離政策，至少保全了我後來採買的書不受威脅，但受困的書啊，其實無奈地自生自滅。

放眼此刻這個遭逢新冠浩劫的世界，我忽然明白當年自己縱然有愧於書，但處置上也毫無選擇餘地。我發現疫情為時已晚，完全無法超前部署，所以也只能將它們靜靜地交給時間，交給命運了。

無賴之徒

其實人活著真的不需要智慧型手機，我一直這樣覺得。智慧型手機開始席捲世界時我受諸多親友採問，一開始是：「妳什麼時候要辦智慧型手機？」過了幾年變成：「為什麼不用智慧型手機呢？」我的回答，就像許多年前「豐年果糖」的廣告：

「我們家為什麼沒有買鋼琴？」

「我們家有電子琴啊！」

「喔，那我們家為什麼沒有買電腦呢？」

「把拔頭腦比電腦好啊！」

沒有什麼不能替代，或者說，不能還原的，因為智慧型手機的發明原本就是一種綜合性替代品。

「智慧型手機拍照很方便。」

「我帶照相機啊！」

「智慧型手機可以上網。」

「我有筆電嘛！」

「智慧型手機會認路。」

「我可以看地圖。」

根據我跟著安寧居家護理師到鄉間訪視病患的經驗，田野小路是導航束手無策的難題，通常還是得約個明顯的地標如國小或加油站，勞駕病人家屬出門接應。前不久家中長輩開車兜風，也被手機導航系統帶迷了路，從嘉義開到雲林深不知處，欲折返時設定嘉義住家目的地，引上的道路卻不斷出現「往新竹」指標，眼看天色由昏暗轉漆黑，真嚇壞老人家了。除開這些導航不拿手的縱橫阡陌或蜿蜒小徑，條條大路不都清清楚楚印在地圖集裡嗎？舊版地圖跟不上新闢道路的腳步，停下來問一問也就成了。

除非選購專業特級相機，否則舉凡畫素、感光靈敏度、廣角視野等，傻瓜相機皆被智慧型手機遠遠拋在後頭，遑論美肌軟體如何在一瞬間撫平歲月痕跡，熨熨貼貼，你看得心花怒放，只是瞧久了，無意間照見鏡子，恐怕要橫眉怒目。便利的錄影功能更是智慧型手機的卓越成就，早年我出遊總在隨身包裡塞一部小型家用攝影機，沉甸甸壓得我肩頭極不舒適，且錄三十分鐘就耗去一片光碟，孩子成長嬉耍的影像填實了收納箱，得定期查看碟片以免積塵生黴，片子裡的內容卻無暇回味。後來買了附有錄畫功能的相機，輕便許多，逢孩子表演，我以相機攝錄，孩子縮在長寬四五公分的方格裡賣力敲擊唱跳，周圍家長則人手一具智慧型手機或平板，豪邁將他的主角拉近放大，兩相對照，寒酸極了，但孟子有明訓：貧賤不能移。我對孩子的教誨是：縱使留不住最美好的畫質，我們也要展現最精采的演出。

不是每次活動都能撥出時間參加，便有熱心家長曰：來來來，我傳給妳。「呃，妳沒有LINE？」是了，無法隨時隨地連線上網，就是沒有智慧型手機的我與現實社會最脫節的部分吧。大兒子進入國中，一開學老師便抄了LINE帳號請家長加，所以兒子帶錯課本，因為臨時調課媽媽不知道；剛換穿夏季制服卻遇週末天氣倏地轉冷，星期一去搭校車時發現同班同學穿長袖，趕緊衝回家抓起長袖襯衫再跑回校車站，邊跑邊揮手叫校車等等啊；還有對指派的線上數學測驗毫不知情，第二天老師叫他回家補寫，說「你的標準是一百分呵，因為難的題目都檢討完了」。不知是否因為曾有老師對兒子說：「你們家真是太酷了，竟然爸爸媽媽都沒有智慧型手機！」讓他覺得這件事可以抬頭挺胸面對，一點也不羞恥，所以他安然自若，過著在校跟同學親密共處，離校就各自分飛的生活。

新冠病毒迅猛來襲，孩子們學校、才藝班眾老師要做班級疫調，群組內詢問等候各個回報，另需耗神來處理我這漏網之魚。在國內疫情攀峰之際，學校研擬遠距教學方針，LINE為首選且必備之管道，女兒老師來電與我商討對策，我說我沒用LINE的原因是沒有智慧型手機，其實聽說電腦好像也可以下載使用LINE，不然我試試看。我真的上網查了，看不太懂如何安裝，然後很散漫推諉地蒙混過去，無LINE之徒，果然無賴。

除了面對孩子們的老師抬不起頭外，其他時候我對無LINE造成的不便倒是嘻皮笑臉的。很多年前跟朋友團購過澎湖花枝蝦餅，有天懷念起那好滋味，依記憶的店名去電查詢：請問可以怎麼訂購呢？我們有LINE跟傳真，老闆說。那我想傳真訂購，請問從哪裡下載訂購單呢？「嚇，妳要用傳真？」不誇張，老闆的音量至少提高十分貝，嘿，明明是他自己說可以傳真的啊。沒吃到的不只花枝蝦餅，帶二兒子去百貨公司買鞋，門口正好有輛披薩車做宣傳活動，只要打卡就送一片披薩，兒子知其不可為，猶頻頻回首望，口中喃喃念：好香呵，怎麼這麼香……。更別提眾多餐館如何用打卡按讚送飲料甜點的招數衝高網路能見度，我以「日食八分飽，兩分助人好」來撫慰孩子羨慕鄰桌的眼神，而鄰桌孩童的眼神始終未離他母親的手機。

然後是美食外送平臺的崛起，載著桃紅潘達與黑綠標章保溫包的機車穿梭街巷間互別苗頭，我套用《阿信》連續劇主題曲調哼唱轉移孩子的注意：「沒有潘達，我們可以叫披薩……」去年帶孩子到外縣市參加活動，進一間以觸控平板點餐、新幹線列車式軌道送餐的迴轉壽司店嘗鮮，孩子驚呼連連，點菜上菜的噱頭果然使餐點評價躍升，孩子們念念不忘，最近連鎖店駐足嘉義，孩子急著想去回味，卻發現新店新氣象，省去店內平板設備，讓客人各自以手機掃描連結店家點菜系統，為娘的只好祭出酸葡萄招：「你們忘記那間店的前身，上回造訪後腹瀉三日嗎？」

大抵吃喝玩樂已全面淪陷。我曾短期學過日文，赴京都蜜月旅行時也採自由行逛得盡興，三年前計畫全家日本之旅時，便曾動過自助遊的念頭，但後來聽朋友心得分享，旅遊已無關語言，有手機走遍天下，無手機寸步難行，最後決定跟團，也玩得愉快。去年又報名同旅行社的親子行程，一到機場導遊先生便請大家先加LINE，我說沒有。導遊隔兩分鐘又走過來：妳是真的沒有嗎？有就要加，不然到時分配房號、宣布集合時間都很不方便。我的確造成愈來愈多人的不方便。

但我不想造成自己的不便。我不是個自制力強的人，光是網路的便捷，打開電腦瀏覽就不知不覺耗去太多心神，無法想像若是一機在手，將來我等車、等人、等菜的時光，還能不能記得隨手抓一本書，忘了帶書就看看風景或發呆神遊？我也不想孩子漸漸習慣隨手開機，或習慣有一個滑手機的媽媽。

就這樣繼續過著QR code之於我乃鬼畫符的日子。有時憶起學生時期老師臨時要交代事情，打電話給一號同學要他一個一個往下傳，最後一位回報老師，或老師請頭尾兩位同學往中間傳，有人接到兩則通知就可以停止，現代孩子想必難以理解這種耗時費勁的笨方法。有時拿到廣告、刊物上附QR code，我便省去一些時間，同時離世界更遠一點。無LINE生活，在現實圈見到媽媽群組團購分貨，真的便宜又好用呢，跟不到，便省去一些金錢，同時離人群更遠一點。

「我們家為什麼沒有豐年果糖？」當年這個廣告雖令我印象深刻，但對其邏輯始終百思不得其解，我們家可以有蜂蜜、楓糖漿、麥芽糖或是白砂糖就好。直到衛福部提出「口罩響應人道援助」活動，發現自己不能彈指捐出未領口罩，竟首度為了沒有智慧型手機感到氣悶鬱喪。

儘管遲遲拖延著隱藏著閃躲著逃避著，我想總有一天我也必須買智慧型手機吧，或許屆時的理由就跟豐年果糖的不可替代性一樣荒謬，或許堅持了很多年，然後有天，「對啊，我為什麼……走，現在就去買！」竟可能如此輕易翻轉，想起來有些感傷，有些無奈，不需要智慧型手機的時代倒數中，末日未知死期未定，但總之，即將要完完全全地遁入歷史了。

母親牌便當

母親替我做了十年便當。

小學時偏食得很，母親在我當年肯吃的毛豆、花椰、菠菜等極少數幾樣青蔬中絞盡腦汁變換式樣，配上剔骨肉類或少刺的魚，並附削皮切塊水果，我數分鐘掃空，狼吞虎嚥了母親悉心填盛的飯盒。母親當然也有喜怒哀樂的情緒波瀾，我那時還不懂做菜辛勞，卻很懂得由餐盒中識時務，假若開蓋見配菜簡省，或是火腿熱狗等速戰速決的料理，便猜母親或許事忙心煩，回家可得提防些，莫要淘氣了。

父親插手的便當顯而易見，他的藝術天分與慈愛同時灌注，白米飯成了畫布：滷鵪鶉蛋對剖為雙眼，玉米筍切段作鼻，明蝦彎成笑意，還不忘剪兩條海苔黏成眉毛。他的作品精巧可愛，囫圇吞下肚仍是一張滿足的娃娃臉，在胃裡開心個不停。我遺傳了父親這款興致勃勃的慈愛，這些年也常把孩子的菜餚堆疊成五官，卻沒遺傳到細膩的繪畫天分，成品老像粗裡粗氣的三姑六婆，孩子倒也興高采烈地歡呼。

比起飯菜傳遞訊息，母親的一顰一笑更加直接。近十二時，許多家長將餐袋置於教室窗口，下課鐘響同學各自認取，我偶也走到窗邊提起便當，但更多時候母親會親手交給我，聽我說幾句話，假如考了滿分，母親領走滿面歡愉，我便吃得格外喜悅。母親必梳妝一番後才踏入校園，她未有名貴首飾，卻總能穿戴出品味，老師同學常稱讚她漂亮氣質好，我聽得暈陶陶，虛榮又驕傲起來。有回母親走不開身，託家裡幫傭的歐巴桑來送飯，第四節還沒下課她便站在教室後門向我招手，我對她擺一擺手，意思是讓她在那兒等，她卻衝進教室，我氣極了，這樣慌張冒失令我好丟臉，等起立敬禮完，我把便當摔在桌上吼一句「不吃了啦」，掉頭就走。放學回到家，母親問起中午的事，說歐巴桑傷心得很，哭嚷著她不做了，安撫好久才留住人。我面不改色地告訴母親：沒怎樣啊，我只是想去上個廁所再吃。母親未厲聲斥責，卻因此，後來我更常憶起自己的驕縱。

母親託旁人代送飯的次數少，也不常買外食充數，通常是我主動要求：明天想吃雞肉飯。母親並不因此輕鬆些，其他家人嫌油膩，她得烹煮一桌飯菜後再騎車到噴水圓環旁採買給我。同學訂便當，偶見令我食指大動的菜餚，好生羨慕，某個月叫母親別送了，我要跟著訂飯，才兩天便吃不消，又任性地討家裡的味道，於是母親繼續替我做飯包送來，同時把我訂的便當帶回家吃。

母親說：住嘉義，沒摩托車等同沒有腳。她一週五日騎著車，在住家與崇文國小間往返，或是豔陽高照或是寒風刺骨或是大雨滂沱，置物籃裡恆常是暖暖的便當，一個，而後兩個——我六年級時，妹妹也開始讀整天，母親得送飯到兩間教室，無法日日與我閒談，而兼顧兩張挑剔的嘴難度尤高，我與妹妹爭相點菜，母親焦頭爛額。好似想證明母親愛誰多一些，姐妹倆甚且為菜賭氣，妹妹愛吃玉米炒豆乾，我便討厭午餐飯盒出現這料理，明明舌尖歡欣雀躍，偏要嚷嚷：吃得煩死啦！

送便當也有悲劇。有天母親告訴我：一位來過家裡幾次、和藹可親的阿姨幫女兒送飯時被汽車撞死了。順著母親描述，腦海勾繪出殘酷圖像：鮮血，灑了一地的飯菜，凝凍的淚珠。直到念大學時才明瞭阿姨驟逝的死因是自殺。母親為我擋去成人世界苦楚，但那段捏造得栩栩如生又令人心碎的故事，同樣對我幼小心靈投下陰影，每天中午我總膽戰心驚地祈禱母親平安，若是正午下課鈴響未見她身影，遲個一兩分鐘都等得好心焦。

國中進私校，通車上下學。學校廚房有大蒸籠，眾家愛心齊聚一堂取暖。蒸便當的火候統一，蒸過會不會變質為滯悶的酸鹹苦澀味，餐盒製作者巧妙各不同，母親擺放八分熟青菜，滷透的肉丁，蒸氣騰騰裊裊，肉香漫遍米飯，菜燉得恰恰軟。便當第三節下課就蒸好了，同學相約邊走邊聊去拿，太餓時一回教室便扒幾口吃。彼時還不時興探討鋁和失智症的關聯，我帶的是買雀巢美祿飲品贈送的鋁製便當盒，外觀可愛，品質不壞，亦增添用餐的幸福感。蒸飯的同學熟悉彼此便當盒樣貌，偶也互相託付取飯。有位男生一時興起與我打賭考試輸贏，賭注是整學期替對方拿便當，我對他提的豪賭勝券在握，成績公布我以為他要懊惱反悔，但他雖嘟噥「唉沒辦法男子漢大丈夫一言既出駟馬難追只好幫女王閣下拿便當了」，嘴角反倒揚起一抹微笑，那笑的涵義，我卻要好多年以後才想通。

吃飯速度時可反應生活步調，品質或效率則是另一回事。我是秋風掃落葉等級，若有時間壓力還可晉級龍捲風，班上梅同學，吃飯極慢，細嚼慢嚥到午間靜息甚至下午第一堂課，英文老師賞他Mr. Slow的封號，他不愧其名地寫作文慢、交考卷慢。慢未必遲，我早起趕校車都嫌累了，他每天從嘉義騎腳踏車到民雄上學，相當準時。再有，十年之後，全班男生中最快結婚生子的正是他。之後梅先生在美國覓得好工作，每年返臺前總早早預約同學相聚，他說只有短短一兩週，要見想見的人、完成該辦的事，定得及早規劃，顯見動作慢跟拖拉、猶豫、蹉跎肯定不能畫等號。至於我，快馬加鞭地用餐沐浴，攢下三五十分鐘，卻是太陽下山後腦筋就懵懵渺渺，上補習班立即受催眠，翻開書馬上打瞌睡，真是天生我材必有憾。

貪睡的缺憾到高中拚聯考前至巨。那時母親牌便當基本量為三：晚上做妹妹隔日要帶去蒸的，中午則是讀國小的弟弟及念嘉義女中的我，幸而崇文和嘉女僅一路之隔，母親先將我的便當放置校門口旁班級塑膠籃裡，再赴弟弟校園。為減輕放學後補習班間往返奔波疲倦，高三時我的腳踏車經常休工，母親載我上下學，傍晚時攜另個便當，還附杯暖呼呼的湯，我在市區父親診所休息室享用後，便貼著母親的背、環住她的腰向下一站出發，臉與手迎風，其餘壓力都由母親擋去了，溫飽且安心，我闔上眼幾乎落入睡眠。

母親送便當的手將我送進醫學院。大一功課不重，我在租賃小屋下廚，炒三樣菜鋪成便當，捧著在客廳吃，同寢學姐見狀笑了起來，說只見過人家買自助餐來擺盤，佯裝家庭料理，怎麼我反其道嘗得津津有味呢？她不懂我的鄉愁。

那是富足的鄉愁，甜美的記憶。長一輩回想起學生時代的便當則是冰冷，甚或酸餿，以及貧富懸殊的班級裡，幾個吃飯躲躲藏藏遮掩飯盒的孩子；祖父到白髮蒼蒼亦忘不了每週一次的「白飯正中一醃梅」便當，午餐時間「日本國旗」遍布校園。

日本主婦重視兒女的便當，母愛演化為競爭，定居日本的好友說：中午兒子打開飯盒同時便有許多雙眼睛盯著瞧，同學間暗暗評比誰家母親廚藝好，烹調擺飾皆如履薄冰。臺灣的家庭愛心便當卻逐漸式微，婚後我滿心期待傳承母親的送飯歲月，孩子入學才知道學校提供所有學童營養午餐，連讀半天的一年級生也得吃飽才放學，我詢問送便當或接回家用餐的可能性，縣府回覆：除非有醫師證明。我把醫師執照和印章鎖在抽屜，壓下開證明書的衝動，孩子有屬於他們的成長路。

孩子喜孜孜嚼著學校香噴噴的炸薯條，喝調味飲料，而我淡然無味的午餐吞得潦草倉促，十二點二十分前後，丈夫回家吃飯，我扒幾口便得出門接四十分放學的兒子，急匆匆腳步霸占大量循環血液，滿胃待消化食物嚴重缺氧，過一兩個月受不住了，往往我自己先吃，丈夫回來收拾菜尾。明明親子三人在方圓一里內吃午飯，竟無法團圓。我終於稍稍體會當年母親為照顧我們，被切割得零零碎碎的日子。

然而我是個忘恩負義的女兒，如今回娘家非但罕下廚，還跟前跟後尋她麻煩，母親煲湯加兩匙鹽巴，我揮舉手臂拉高嗓音喊「停停停，血壓已經很高了吔」；掏出珍藏的烏魚子欲烤來同我們分享，我緊皺眉頭扯破喉嚨大呼「膽固醇那麼高，不要再吃這個啦」，弄得一餐飯鬱鬱不歡滿是疙瘩。其實我多麼希望讓母親盡情享用所愛的美食，放縱她的味蕾任性，饕足飯飽再忘卻心悸撇下胃疼地品嘗咖啡甜點……只是身為她的醫師女兒，我真是為難得很哪。

慢城市集

近期高鐵雜誌專文介紹我所居住的嘉義縣大林鎮，方知小鎮今年初通過義大利國際慢城組織認證，成為臺灣西部第一座慢城。「清晨薄霧冉冉未散，隱沒在朦朧之中的大林，大地上只可見綠色的秧田……」文如是說，勾勒一幅悠然圖像，實則，籠罩嘉南平原的空氣汙染逐年惡化，花非花呀霧非霧，健康殺手懸浮微粒是也。然而摒卻空氣不理想這因素，我自婚後遷居丈夫故鄉大林鎮以來，對小鎮生活真是滿意極了。大林之所以高分通過慢城認證，與南華大學的學術氣氛、慈濟醫院的健康保障有莫大關聯，而對我來說，宜居城鎮必得有一座豐饒的圖書館，以及一處熱絡的菜市場。

兒時的美好回憶，假日最愛和母親一同上菜場，母親騎機車，我在後頭環抱她，與她一攤攤採購食材。嘉義東市場繁榮，縱橫交錯幾條街道，母親騎騎停停，有時牽車閃車，有時髒腥水花濺起汙了腳鞋，但我讀到中學都還愛跟，因為那是不擅長撒嬌的我最貼近母親的時光。後來上臺北念大學，自己逛了附近菜市場，吃驚發現快七點仍有半數攤位尚未抵達，零零落落來買菜的無論男女老少大多寡言，揀一揀秤一秤付了錢便走，老闆就算有招攬聲也顯得很微弱。

結了婚，幸運又來到活潑的市場，初始由婆婆領我繞繞，介紹她習慣光顧的魚肉攤商：這家黑豬肉是他們自養自宰，那邊魚販老闆是她同學的弟弟，這兩處雖然賣得稍貴些，但品質可靠。不久我便自己上場，除了豬肉魚蝦，其他採買靠直覺，由對老闆面相及販售物品鋪排的喜好做出選擇。

漸漸地我有了自己的習慣路線。大型綜合菜攤有兩處，菜場入口幾步路便有一家，在巷邊的屋子裡，嚴格來說算是店面了，再往前走一些，進到開放式市場區的起點便是另一攤，除了基本各式蔬菜外，也視季節展出湯圓或粉粿。我較常光顧的是後者，菜攤的兩三位老闆娘總是熱情呼喊人客買菜喲，紮起長鬈髮戴眼鏡那位隨時都顯得很有精神，買了蘆筍便問要不要幫我削去粗纖維外皮，青蔥或芫荽不貴時也會送一把；相對的，店面老闆娘悠緩以待，或許房子是自家的，沒有店租壓力，但當菜攤那日買不到預定烹煮的食材時，我也走進店家碰碰運氣。如要挑當季新鮮蔬菜，更好的選擇是蹲在地上的幾位大嬸阿婆，家裡有片菜園，自耕自食，行有餘力則以販售，因為產量不多，大概不會花太多成本在農藥、肥料，相對安全，其中有位阿婆種的空心菜特別嫩，我常向她買，她是菜販中少數算術極差的，一把菜十五元，我買兩把給她五十元硬幣，她老半天找不出錢，客人多半自己算錢自己找，我總擔心她被騙，風吹日晒雨淋地種菜賣菜，已趁無幾文錢，但願市集上來往人客多疼惜她。

黑豬肉攤老闆夫婦五點多就來擺攤，熟客都知道如果不能很早上菜場，便得打電話預訂所需部位。老闆長得有點像楊烈，刀工極好，炒菜用的肉絲不但替我切好還分裝小包，方便小家庭烹食；煎豬排的里肌肉切片後順便搥打，回家醃浸快速入味，煎起來也嫩得多。他總說你們年輕人比較不會，幫你們處理好，省下來的時間多陪小孩。他還說現在連小吃店向他們訂購肉品也要肉販分類包裝，不光絞肉，肉絲肉片排骨腰子都講究客製化，只差沒替小吃店煮了。老闆娘下刀未若老闆俐落，但為人和氣，記性也遠勝老闆，有回我電話預訂的五花肉在老闆娘回家整理豬圈時被老闆賣給別人，老闆娘返攤發覺，跳腳叫老闆自己跟我賠罪，後來我出現，老闆攤攤雙手說：怎麼辦？不然割我的肥肉給妳了。

慣常買雞肉的攤販早先掛著「土雞現宰」招牌，標榜是自己去挑選雞隻回來養了幾日再宰，雞若曾打針吃藥可代謝掉，殘留毒物較少，因此有許多老主顧，鎮上知名的雞湯專賣店也向她訂購。老闆娘為人直爽乾脆，聽她邊剁邊聊不太有壓力，她有時說起自己年輕時候不少人想來說媒，有時提到附近國小某男老師私行不端，提醒我小孩最好不要讓他教到。有回公公採了一大袋薄荷給我，她教我先用橄欖油炒香薄荷，再起麻油鍋煸薑片後煎熟雞肉，最後放入薄荷加鹽拌炒即可，這道料理頗受好評，是婆婆唯一指定我除夕可上桌的年夜菜呢。三年前禽流感肆虐，人心惶惶，政府一聲令下菜場禁宰活禽，老闆娘收起廣告招牌，屠宰用具搬走，添了個大冰櫃，她食指放上嘴唇，只說一句「人客信用我」，弦外之音自行推測。自從禁宰令下，老闆娘顧攤時只需剁剁雞肉，比先前空閒許多，常拿著名牌報圈圈點點，終年不疲。

婆婆介紹的魚攤到得晚，往往要八點半後才鋪貨完全，但許多熟客願意等，只是近來也許是鎮上全聯福利中心添了生鮮門市，也許是主婦做菜的意願愈來愈低，生意免不了受影響，魚貨退了冰沒賣完，收回保麗龍盒載走，隔日再會，新鮮度大打折扣，我接連兩次買到的魚蝦令孩子吃後起了疹子，便不敢再上門。觀察其餘魚販，似乎無人能售罄而歸，盛夏時節，賣到最後魚肉都與人體齊溫了，不壞也難，魚販們無可奈何，新舊貨混雜，日復一日。市場前大街上有另間魚店，屋簷遮蔽有限，直接曝曬在烈日下販售，血水滲滴，蒼蠅環飛，魚眼既濁又布紅絲，飄散淡淡腐味，然而老闆父子不受影響，丹田有力喊著：小姐來買魚呵，海魚、活魚都有呵！我走近瞧見有個臉盆裡的確裝著還游動著的養殖魚，相對於那幾尾活魚，老闆稱其他說不定已該做頭七的為「海魚」，真是高超的文學技巧啊。

市場上，說話技巧對生意影響頗大。有個專賣豆腐素料的小攤，老闆頂著光頭，穿件白衫，嘴角上揚，誰向他買了東西，他都雙手奉上後合十道聲「阿彌陀佛」，我心裡給他個綽號「豆腐師兄」。一日買完豆腐，豆腐師兄忽然開口與我攀談：「我們說『勇者無懼』，請問您覺得勇者到底心裡有沒有害怕呢？」好像老師在考學生，但這題很簡單，我在網路文章裡看過論述，知道師兄要的答案，「有啊。」我毫不考慮地回答，看師兄表情雖然一邊點頭，但似乎帶著一些不能指正我的憾意。隔幾日的交易後，他則談起關於自我修身的課題：「例如有些師姐穿著比較寬鬆，身子一低就見到不該看的，我會轉過頭深呼吸……」我聽了很想逃走，雖然覺得他說的不是我，回到家還是站到鏡前重複彎腰測試曝光的可能。有陣子吃素，常光顧攤位，有天豆腐師兄問我：「請問您平常有沒有做什麼休閒活動？」我說忙著照顧小孩，他說：「您的眉宇之間透露一種疲憊的神態，我建議您可以多看點書。」過幾天我精神好多了，他見到我便說：「師姐，您的笑容很燦爛……」我才想師兄終於說了一句好話，誰知狗尾續貂：「雖然您長得不是很漂亮，但這樣的笑容令人覺得非常舒服。」如今買豆腐我已轉往另位大姐的攤位，至於素料，市場內雖有一間規模不小的素食店，但我看過老老闆一手壓住單邊鼻孔用力將鼻涕噴往地上，因此還是偶會向豆腐師兄購買麵腸麵輪，每次都裝得一副來去匆匆模樣，免得他興致一來還要發表意見。

像豆腐師兄這麼不會看人臉色的畢竟是少數，商家多半善於察言觀色，有些甚至具備讀心術了。我已掌廚十年，然蔥蒜至今仍無法一眼判定，魚類名稱再三請教老闆還是記不分明，一日想煮三杯雞，上市場選定一堆小綠葉前駐足，因不確定眼前的是九層塔還是薄荷，又不好意思開口問，揀了一枝聞香後準備拿塑膠袋抓取九層塔，老闆娘忽然道：這是薄荷不是九層塔呵。另回逛到果菜攤，望了一眼沒見老闆娘，轉問隔壁雜貨店老闆，老闆向對街喊著老闆娘的名字，說人家要買鳳梨了，攤上七八樣蔬果，雜貨店老闆怎麼一猜就中呢？

有些季節性攤商，例如賣竹筍的大哥，半年見、半年隱，他的竹筍鮮甜可口，光是滾水燜煮熟透放涼切塊，丈夫便稱讚比餐廳的還好吃，我問大哥為何他的筍特別甜，他笑笑回答「祕方」。除了竹筍，他偶會帶家裡種的水果：西瓜、芒果、香瓜……荔枝尤其美味多汁，外頭的玉荷包遠比不上，但產量不多，可遇不可求，我問他水果也都有祕方嗎？他說當然啊。祕方祕方，聽久總覺得怪怪的，採買頻率便刻意疏了。有攤仙草凍逢夏季每週來兩趟，仙草凍Q彈，同時賣寶特瓶裝濃縮冬瓜蜜，回家加水稀釋，放入切丁仙草與冰塊，消暑解渴，全家不知飲下多少桶，卻在爆發塑化劑事件後，仙草攤從市場蒸發，我望著冰箱裡剩餘半罐的冬瓜蜜沮喪，對於真相還是不要探究的好。冬天來駐的則是羊肉攤，我不善去羊騷，未曾與之打交道。

有群攤商是跑透透的行程，嘉義地區輪流甚或全國總攬，一兩個月乃至一兩年造訪一遭，對並非天天上市場的我而言，有緣才相會。這些攤販因為罕至，加上多半口若懸河、唱作俱佳，圍觀人潮遠多過固定攤販，孩子幼時的防溼墊、學習褲、可愛圖案的止滑棉襪等，多半由此購得。類似物品也有不同商家，某位賣襪子的小姐告訴我，隔兩攤那號稱社頭製造的襪子其實是大陸的，社頭現在工廠很少了，她還拿出打火機燒襪子內側的線頭，說聞起來沒有刺鼻臭味才是好棉。

謊稱產地、標示不實的產品隨處都是，厲害的是販售者臉不紅氣不喘，有天聽見小蜜蜂擴音器傳來聲響：「新光三越零碼出清，專櫃設計師，只有今天，買到賺到……」好奇走近衣叢中翻視吊牌，還真的每件都寫新光三越並附標價，只是「新光三越」字體偏大，方便長者辨讀。衣桿前紙牌清楚分類：天母旗艦店、A9精品……還有一區叫「名緩設計」，好半天才會意它要說的是名媛，原價二三九〇〇、一三九〇〇、五二八〇、二九八〇……現降價為七九九及三九九，「標籤完整、公司地址電話都有，不是真的一件賠一萬，十件公司就要賠十萬……假貨在百貨公司有人買，真貨在菜市場沒人要……」我懷疑老闆說得太快以致我有些標點符號弄錯位置。吊牌上寫「中國制造」，我很想告訴老闆說「中國製造」或「中国制造」較具統一性，當然還是沒開口，繼續聽，「都是零碼，喜歡先拿在手上，哦，小姐有眼光，那件是溫慶珠的……恭喜，又賣出一件……」相形之下，上回賣羽絨衣的標籤上以「ユニロク」冒充日本知名品牌優衣褲ユニクロ，是相當誠實的行為了。

然而我也並非總是精明。有日被叫賣「舉世無雙膠水」的大叔吸引，看他用美工刀割開橡膠拖鞋，滴上膠水數到三，拖鞋就完好如初了，那陣子我連續幾次用三秒膠修理拖鞋，一再失敗，因此他的表演深得我心，他並且還用膠水將兩顆石頭緊緊黏合，在場觀眾無人能分解。回家自己黏拖鞋時卻落差頗大，便丟在抽屜當一般三秒膠用，幾個月後吸塵器管裂開，我想用它來黏合，當時懷著身孕不便蹲在地上，便借用剛買給大兒子價值不菲的成長型書桌，膠水不慎滴到桌上，竟將桌面護膜灼傷幾個洞，好不心疼呀，兒子放學回家我向他道歉，問他會不會原諒媽媽，他吃了蜜糖般回道：媽媽不管妳做什麼，我都會原諒妳的。有了這樣催淚的貼心話，我也只好原諒老闆了。後來上網爬文，發覺上當者還不少，有的物品搞好久黏不起來，第二天卻發現過程中使用的剪刀已完全扳不開；另位受害者則是血淋淋的例子：兩根指頭意外相黏，撕到皮開肉綻。

此類快閃攤販未必吹噓不實，偶爾還是有便宜可撈，遇過某個以貓咪為圖誌的布包大拍賣，老闆夫婦說是存貨出清不做生意了，當時我還不認識品牌，但掛在入口處的圍裙可愛大方，又有防水內層，適合我的需求，立刻買下，實際穿著後更覺滿足，穿脫方便，確實隔絕了急躁粗魯的我洗鍋洗菜時濺起的水花，卻不悶熱，髒了又可丟進洗衣機。幾年後我遇見另位販售同品牌貓咪布包的女士，才知圍裙要價兩倍不止。

逢年過節前，菜市場則如嘉年華，一窩蜂的元宵、潤餅皮、粽子、發糕……，有些自家手做，有些則由工廠批來販賣，許多生面孔，大批人潮，難以判斷哪家的好。我年節常與公婆或父母同度，也不須準備拜拜用的果物牲禮，倒少在這時刻加入擁擠人群，記得從前母親小年夜上東市場，回來描述市場內摩肩接踵盛況，小小的市場通路擠成三條摩托車道，可以想見的烏煙瘴氣卻又喜氣洋洋；慶幸的是，大林市集內雖偶有機車穿越，但大半採購者步行——或背環保袋，或提塑膠袋，或推娃娃車，或拉菜籃車，另少數騎腳踏車，我想這更是大林之所以脫穎而出立足慢城之列的緣故吧。

在花蓮鳳林與嘉義大林相繼成為國際認證的慢城後，不少城鎮躍躍欲試，未來應會陸續誕生各式各樣的慢城，慢城之名可以帶來什麼呢？不外乎多一點知名度、資源，以及觀光人潮，然而慢城述說的不就是在地的步步累積嗎？扎根的深度，與人交流的濃度等等，點水行程也許沒有太多趣味，但身為居民我感到平靜而驕傲，就像大林的菜市場不可能像京都錦市場、東京築地市場那般令遊客歡喜驚嘆，但月月年年穿梭在這個市集裡，時而疾步時而緩步，走著我的主婦歲月，如此踏實，如此豐盛。

往事如煙

我本是個愛下廚的人，對「家」的基本要求是廚房及書房，吃飯可以窩在廚房吃，睡覺可以蜷在書房睡，但若少了煮菜和讀書的空間，生活便索然無味。應是遺傳加上家庭教育的薰陶，母親在廚房裡是個自信的女人，她洗菜切菜炒菜、片肉醃肉煎肉如行雲流水，在抽油煙機焦躁的隆隆聲中，母親始終保持一貫的優雅，有她在的廚房總是幸福洋溢，我從未見她板著臉煮菜，縱有負面情緒，往往也就在踏入廚房時煙消雲散。

那是一個沒有網路的時代，沒有臉書可以分享今日料理，母親煮的一桌好菜除了被父親和我們姐弟三人吞進肚裡，沒有旁人得以聞香按讚，但母親心滿意足，她這份雍容自得與全心貫注深深影響了我們，我和妹妹婚後都熱愛下廚遠勝上班工作，如今弟弟年節返鄉也喜歡替家人準備一道道豐盛佳餚：紅酒燉牛肉、白醬海鮮義大利麵、香煎牛小排、蛤蜊濃湯……，以母親的愛為底蘊，揮灑出新世代的美食。

儘管我在廚房裡遠比不上母親的從容俐落，性子太急，洗菜老大把抓來搓去，葉片傷痕累累，胸前圍裙則溼得像洗車一般，炒菜爆香的蒜頭不是火太大燒焦，就是香氣未出便迫不及待投入青菜澆熄蒜頭的熱情，以致蒜香根本無法昇華；燉肉總想畢其功於一役，豆干雞蛋塞滿鍋共享滷汁，沸騰時不免沿鍋垂涎至瓦斯爐，黑鍋焦爐兩敗俱傷。好在小家庭成員都挺捧場，吃得津津有味的模樣彷彿我是米其林大廚，我也在食客們的鼓勵下慢慢長進。

有回路上巧遇好友茹，受邀到新居款待，當天她正好要做南瓜饅頭，我羨慕極了，討教做饅頭的技巧，回家買食譜如法炮製，竟一蹴可幾，從此展開我的揉麵生活，除了烹調午、晚餐，連早餐也大半吃親手揉製的饅頭，利用週末清早開始和麵，酵母在晨光中逐漸復甦伸展，罩在缸裡的麵糰一小時後就變得膨軟有彈性，擀平後捲起切段，置入蒸籠續醱酵蒸熟，便是標準的饅頭樣貌，做個兩三批饅頭，足以應付全家人週間朝食。更熟練後，仿著網路教學影片手法做出玫瑰造型饅頭，甚至報名名師教學課程，摻入蔬果粉增添色彩，習作各種可愛動物造型饅頭，這些花俏的手法累人得多，卻也討喜得多，往往一出籠便被孩子取走兩三顆嘗鮮，忙了一上午，還屯不滿半星期存糧。

揉麵的過程是舒壓的，兩腳微張、雙臂自然垂放麵糰上，運用身體力量帶動手掌，配合呼吸韻律，頗有點練氣功的意味。醱酵過的麵糰更是好捏得緊，光滑不黏手，又任人擺布，隨你塑成喜愛模樣，我總在掌心、指腹間反覆搓揉，療癒感受由手心傳遍全身。這些年孩子間流行玩一種名為「史萊姆」的水黏土，那是可以隨意搓圓捏扁的黏人玩具，我看著心生同情，揉麵糰不挺好的嗎？現代人老捨棄舊智慧，再發明傻不拉嘰的替代品。

就這麼安安分分過了幾年，我的廚房仍如新婚時期般平凡，瓦斯爐上的中華炒鍋與湯鍋，插座旁的電鍋、熱水瓶，加上偶爾客串演出的小烤箱和果汁機，說多不多說少不少，用於一家五口每日三餐儘夠了也不算過度奢華。穿梭在鍋碗瓢盆間我未曾倦怠，除了有時對大火快炒時飄散的油煙感到些許不安，擔憂戶外空氣已攀高度汙染微粒，爐灶間又再添一筆，或是有時對想嘗試的料理有種眼高手低的遺憾。

由儉入奢的轉折始於去年底在茹的臉書上看到她的多功能料理機，她忙碌整天下班後仍能愜意揮出一桌料理，或是出門運動回家便有一鍋紅燒牛腩相迎，機器還可以用來洗草莓、煮豆漿、做泡芙，以及看似簡單的炒青菜卻因低溫恆溫烹調而無油煙，文圖並茂在在敲中我隱藏內心的渴求，我終於發訊息相詢。

茹為我示範：冰糖在幾秒鐘內磨成糖粉；酵母、糖粉、麵粉與水在機器逕跳著迴旋舞姿，我與茹談笑間聽到機器發出的噹噹噹樂聲表示麵糰揉捏完成，茹撈出麵糰，隨意切成幾塊，擺上蒸盤；主鍋裡投入南瓜、馬鈴薯等濃湯食材燉煮，同時利用蒸氣一併炊熟了饅頭及瓜仔肉。午餐輕輕鬆鬆上桌，白白胖胖的饅頭一點不費工夫，孩子愛極而我遲遲未敢挑戰的南瓜濃湯，在我眼前以完全天然的菜蔬及調味料蛻變，最後的炒花椰菜，靠著機器精密的溫度管控，蒜頭恰如其分的提味，菜裡飽含的汁液溢了一嘴香甜，更要緊的是全然沒有油煙繚繞。我毫不考慮地下訂，迎接新時代來臨。

新機進駐。洗洗切切、讓食材各就各位後，坐下來喝杯茶翻本書，不一會兒一鍋三菜便同步熟成，有湯有魚有時蔬，盛盤之後啟動它的洗鍋功能，不勞我臂，不膩我手，實為潔身自好的機器。我不可思議地瞧著外貌平凡的料理機大顯身手，看來它即將在我的廚房登基為王，真是蓬蓽生輝啊。

一夕之間我的烹飪功力大增，糖醋排骨、奶油培根義大利麵、XO醬雞丁拌炒飯等等躍然桌面，孩子歡呼聲連連；咖哩雞不再擔心因湯汁濃稠攪拌不均而焦了鍋底；做饅頭僅需彈指觸鍵，我不但完成多年未竟的製作芝麻包與蔥肉包心願，還以三杯雞肉包征服全家人味蕾；而我一直感到挫折不安的炒青菜上演大逆轉，總算能平心靜氣烹調，青菜在鍋裡翻滾而我尚有餘裕在水槽邊清洗菜籃砧板餐具，成品外觀與我動手炒的同款蔬菜皆不可同日而語，遞入口中更令我忍不住既驚喜又慚愧地讚嘆：啊，某某菜，原來你是這般滋味兒，從前真是難為你了！

Too good to be true，好像除了這句話，沒有更合適的表述了，但不知為何，在享受舒服的烹煮、方便的清理、豐沛的菜餚之下，心底總有微微的惶惑，半個我向前衝，每朝開了電腦便積極搜尋新食譜嘗鮮；半個我往後扯，腦中嗡嗡叨念著烹調是一種修身養性，講求省時省力速效速成恐錯失自我探索與鍛鍊，不假時日就要變得貪懶怠惰。

前兩日赴大兒子導師邀約小學畢業前的親師訪談時談到，老師發下白紙要孩子們想像：假如現在你身邊哪個人忽然不見了，會讓你感到最傷心害怕？兒子寫的當然是媽媽，只是字裡行間老師全然沒讀到感情，僅淡淡敘述媽媽煮飯燒菜、幫我洗衣服、陪我討論功課，如果她不在了，很多事我都不知道該怎麼辦。老師希望他對「人」、對「情」能多一點體會。對兒子文字的「無情」我倒是坦然，他的感情有些像我，太深太柔太澎湃，如果不用理性或平淡來陳述，恐怕太容易紅了眼眶。我表現在口語上，他則連書寫也還未敢貼近心緒。只是此刻我想起料理機，恐怕再不多時，假如我身邊的料理機忽然不見了，我會最手足無措。

二兒子則不知遺傳到誰，伶牙俐齒得驚人，只要校內有要上臺說話的比賽，班級候選人非他莫屬，最近他參加演說培訓，有天回家告訴我：「今天練習的演說，老師給我一百分。」我好奇要他說來聽聽，他清了清喉嚨，開始：「我最喜歡的一道菜是三杯雞，那是媽媽的拿手料理，媽媽先把麻油倒入鍋內，接著放入切得薄薄的薑片，這時要開小火慢慢煎，薑才會好吃，如果火太大，薑會焦、麻油會苦，這就好像媽媽在照顧我一樣，要有耐心，如果操之過急，就會揠苗助長……接下來把切塊的雞肉投入鍋中，煎到表皮金黃，這時已經香味四溢了，加入醬油、米酒，慢慢燒到肉熟透、入味了，再加九層塔炒香、收汁……」我聽著眼熱了，腦海中浮現他陪我煮三杯雞的模樣：我翻炒著雞肉，他滿心期待盯著美味料理逐漸成形，麻油香滿溢，連在三樓念書的哥哥都忍不住跑下樓，用力吸幾口氣過過癮。而此後呢？未來小女兒的作文會是這樣的嗎——我最愛吃三杯雞，媽媽打開料理機，選擇三杯雞食譜，按照指示把麻油和薑、蒜放進主鍋，轉啟動鍵，時間到再投入雞肉，轉啟動鍵，下一步倒進醬料，完成的音樂響時，三杯雞盛盤就可以上桌了。

儘管字裡行間的感情敗下陣來，其實嘗起來毫不遜色。我望著料理機，望向我烹調的新紀元，內心還是有著振奮，少了油煙，煮完菜不再蓬頭垢面，胸臆間也清爽許多；機器裡還有上千道新奇食譜令我躍躍欲試……而往昔的烹調歲月啊，那費心煸蒜、慢火爆薑的畫面薰黃，就隨騰騰上捲的油煙，漸漸離我遠去吧。

輯三

匿名病患

人在江湖

行醫日久，愈發感覺自己和「醫生」這個職稱漸行漸遠，應是跟我的工作性質與內容相關——這些年做的是安寧居家，也就是到末期病患的家裡探視，替他們帶藥、調整藥物，看看他們家裡環境有什麼可以改善而讓病人生活品質提升一些，例如提供病床租借的訊息，教他們如何照顧壓瘡傷口、如何在床上洗頭，告訴他們臨終前可能出現的徵狀，……汗顏的是，除了調藥之外，其他的事都由護理師一手包辦。「醫使其生」已不是我的使命，充其量我只能「陪至善終」，然而我付出「陪」的時間，一週不過幾個小時，而善終是理想是心願，病家的最末歷程仍看他們的造化。

造化！多麼推託之詞啊！幾年下來我的字庫累積大量的推託詞彙或語句：「不一定」、「很難說」、「有可能」、「試試看」、「每個人體質不同」，或者，「病人目前狀況平穩，但腫瘤變大與擴散，身體會漸漸走下坡，速度因人而異，情況好的話再撐幾個月，但如果因為免疫力降低，遇上感染的問題，也可能幾天內就走了。」多麼完美地含括了餘命估算的長短，漏網之魚是萬一病人韌性太強活上一年，那就是醫術高超了。

無能「妙手回春」，但求病患「入土為安」。前些日子聽一位婦產科醫生分享行醫多年的收穫：他移民美國時到了機場便有不相熟的人來接機，對方恭恭敬敬說「三個孩子從前都是您接生的」，後來返臺時又有年輕人相迎，說「我當年是醫生您接生的呢」，真是左右逢源哪！我聽著不禁想：將來我往另一個國度去時，會不會有一群靈魂列隊歡迎呢？婦產科醫生的「迎來」無比喜悅，我的「送往」儘管悲情，總歸是人人必經之途，幽谷伴行，令我踏實。

然則也常有踏「虛」的步伐：我在安寧領域裡累積專業素養，卻往往在過程中感覺自己不專業，科學實證無法撫觸病人的心，治療準則跟不上家屬的調，所以更多時候，我好像就只是在跟病人或家屬閒聊，輪流嘗試方法，共同臆測未來。過程中各種模稜兩可，各種舉棋不定，各種進退維谷……，我在擺盪中逐漸練就隨遇而安，練就聽天由命，練就道聽途說——把上週那個家屬自創的照顧祕方與今天這位病人分享，或是某病患病況進展完全超乎預期，便把此經驗納入資料庫，去修正我對下一位病人的揣測。

那日訪視的病患是位年長的堪輿師，家屬抱怨說病人夜間常失眠，且胡言亂語，道些怪力亂神，之前一星期內數度調整鎮靜安眠劑，時而完全無效，時而睡到第二天中午還不醒人事。當天下午勘輿師精神倒是好得很，泡了上好的茶招待我和護理師，我問他是否因睡眠問題困擾，他笑笑說還好，我問可否請家屬帶我到他臥室看他休息的環境，他也說請便。臥室幾乎不透光線，裡頭暖烘烘的，媳婦說老人家白天坐累了就會進房躺躺，白天至少兩三回，每回一兩個鐘頭，算下來一天的睡眠半數在晝間耗去，難怪夜裡輾轉反側。我與媳婦商討，乾脆停去他所有鎮靜藥物，讓病人自行調適睡眠總量，夜裡的囈語，既不傷人也不害己，就聽憑他思緒流轉、沉澱。媳婦點頭同意，這時病人女兒進屋喊人，說爸爸不高興了，疑心你們躲起來這麼久設計什麼圈套。

我回到廳上，先詢問關於他的堪輿工作，想抽絲剝繭探究他夜裡說的「有『大的』來找我，要拜託我去處理『小的』問題」，是否有心理靈性的問題需要被撫慰，也藉機進行生命回顧，肯定自我價值，他談起來果然興致勃勃口沫橫飛，自豪如何鐵口直斷「蔭屍」，選地、論命如何神準。我問他：所謂堪輿師其實也並非每個人都那麼會看對嗎?他鼻子哼了口氣：「我看根本沒有其他人真正會看。」他說曾有人引薦其他堪輿師與他對談，他聽一兩句就知是個大草包，第一次還客氣泡茶請他喝，後來對方竟涎著臉再度來訪，他就不客氣了，爐上燒著水，故意轉極小的火，讓水怎麼也燒不開。

我接著解釋剛才與媳婦的談話，說打算停掉他睡前藥物，如果體力許可，白天多點時間待在光線充足處，或許自然可改善夜間睡眠問題。他竟忽然暴怒：我的事妳為什麼與旁人商量？妳要知道，吃藥的是我，身體是我的，妳與別人說個什麼勁兒！妳知道「五術」嗎？我告訴妳，山、醫、命、卜、相，算來我們是同路人，都是走江湖的，江湖中人罩子要放亮。護理師正要開口替我辯護，我拉拉她衣袖，半開玩笑地解圍：我們要聽得懂話，不然下次探訪時水就不會沸騰了。

有些狼狽地結束訪視，坐上車，胸口仍悶悶脹脹的，幾個深呼吸後才平復，但覺得老先生的話真是當頭棒喝，原來我就是個行走江湖的人，見了點小世面，也成長不少，不再是住院醫師時被凶惡的家屬吼幾句就躲回護理站傷心個老半天的女孩，也不像前幾年被一位移民美國、返臺探親的家屬質疑治療方式——他先以美國醫療多進步來貶抑我，又舉了美國一位醫生幫病人安樂死被告的例子，警告我要多讀書並關心時事，不然自己怎麼死的都不知道——就淌淚用去半盒面紙的少婦，當下我很氣他的莫名其妙與口出惡言，明明他昨天剛下飛機就飛奔醫院做健康檢查，占盡臺灣健保的便宜；明明我做安寧照護，跟安樂死截然不同……明明我覺得錯都在他，可是一想起來便覺心狠狠被捅一刀，隔了好幾個月還不能釋懷。如今練習在吐納之間散去，讓自己成為一個擺渡者，病家的情緒來，我替他們送往彼岸。

江湖當中，我們都是過客。

匿名患者

自從幾年前將自家人染上疥瘡的奮戰經驗寫成散文發表並轉貼在寫作網站上後，每隔一陣便會收到讀者留言，說是讀者，應不是慕散文作者之名而來，卻是被疥蟲擾得苦不堪言，在網路搜尋相關訊息時無意間在廣大網海裡撈到我的。初始幾位是公開留言，大半問那個罕有的口服特效藥名或哪個醫院有藥，有些會附和我文中心情，或感激我給他帶來的希望。後來有位先生用悄悄話留言，我並沒有網站管理權限，因此版主特別來信告知對方所留的電子信箱，由我發信給他。私密的通信讓對方有安全感，描述了更多的症狀與苦惱，我也仔仔細細回覆。

有一就有二，之後尋相似路徑覓得這篇疥瘡貼文的患者總是留下悄悄話，勞煩版主來通知我，我也儘量知無不言言無不盡，雖然我們家的疥瘡史年代愈來愈久遠，有些記憶慢慢消褪，但那種「原來得這個病會讓人精神瀕臨崩潰」的深刻體悟，使我無法不理會這些素昧平生的留言者，想起當時若非以過來人身分來電給我打氣支持的親戚、伸出援手拉我們一把的皮膚科朋友，更不知過程要慘烈幾倍。

不同時空受疥瘡所苦的人匯聚在我的電子信箱裡，情況大同小異，提問者皆已經過皮膚科醫生確診、努力擦藥消毒環境、歷時一個月以上而症狀未改善，其中有些獨居，有些與或多或少的家人同住，有些家人無恙有些同時染疾。他們既曾循正規醫療途徑接受治療，我的回答絕不能是「請親赴皮膚科院所並規則用藥至醫師認定療程結束」——雖然老實說，我的「疥瘡診斷與治療」專業不及皮膚科醫生，我未親眼見到患者病灶亦不能下斷言。

非但不曾謀面，我連他們的姓名年紀都不知曉，性別則在一兩次通信中還可推測。我僅能這樣回應：江小姐好，我們小朋友也吃過藥，沒發生什麼副作用；大熊您好，疥瘡的癢真的令人受不了，連疥蟲根除之後都還會持續好一段時間（家人那時就是這樣啊），不過只要服藥治療後便不用太擔心，會漸漸緩和的；M您好，我所知道有口服藥的醫院有……；回覆時我還要上網更新資訊，幾年間各家醫院陸續引進疥瘡口服藥，然網路上能搜尋到的是一小部分，這類公開訊息大家都查詢得到，但對醫療體系較熟悉的我，或許更容易辨識真偽，也感謝這些通信者有時會回報消息：在哪個醫院順利拿到藥了。

在與疥瘡患者一次次的網路書信互動中，我覺得真需要一個「頑強疥瘡雲端病友會」啊！在奇摩知識線上求助問題中可以找到不少關於疥瘡的篇章，也有許多熱心網友提供專業知識及經驗談，閱讀後發現疥瘡族群可粗分為兩類：一是按照教科書程序在預期下治療成功，另一群便是我和來找我的這些盡了力抹藥消毒還是不見起色的苦惱人。所以當前者理性教導後者該如何如何做時，論述全對，也出自一片善意，卻反而增添了後者的痛苦——「啊，我每天衣物棉被枕頭都燙洗，物品全用漂白水噴過靜置後擦拭，藥水從脖子到手指腳趾塗得一處不漏……可是還是這樣，一定是我哪裡沒有清潔到對不對？我還能做什麼啊？會不會是遇上超級疥蟲，怎麼殺都殺不死的變異種？」小莉這樣問我，電腦螢幕上幾乎聽見她的啜泣聲了。我不能幫她什麼忙，但就算單純傾聽，讓她知道有人也經歷過這段而且最終一定會痊癒，都是一股支撐的力量。雲端病友會將來或許有成立的可能，但實質的病友會絕對甭談，好不容易從疥瘡陰影裡走出，若親睹正在癢的患者，灰暗的記憶被翻攪出來是相當不愉快的事啊，何況誰都怕疥蟲再度光臨。

別說病人怕，皮膚科醫生也怕得很。皮膚科醫師朋友曾說他若誤觸疥瘡患者，自身也要連三天塗抹疥寧洗液預防，很刺吔，他說，他的皮膚原本就特別敏感。我在皮膚科跟診見習時，有位女醫師看診時玉手從不接觸病患，她總是持棉花棒翻、戳、壓患處。

也有疥瘡患者說，就診向醫生敘述癢的位置、時間，話還沒說完醫生便下疥瘡診斷速速將他請出診間。幾位通信者曾問我可否介紹合適醫生，恕我這點無法提供協助，相熟的皮膚科醫師，有轉換跑道到大公司擔任主管的，有專事美容兩岸奔波的，有在偏遠地方開小診所的，皆非人選。就算有，一天到晚介紹疥瘡患者去，怕是再好的交情也要翻臉了。

即使只能提供基本訊息、經驗分享，似乎大部分的留言者都在兩三封信往返後痊癒，我抱著「沒有消息就是好消息」的心情祝福大家回到正常的生活軌道。但回覆的對象愈來愈多頻率愈來愈密時，我自己卻產生一種被窺視的感覺，我一回一回向不同的文字符碼所代表的不同個體揭露自家，我的名字初始便在網站貼文中清清楚楚，且我前前後後發表的文章幾可串聯拼湊出我的樣貌，而他們是誰我全然不知。縱使寫下文章之初，我便已決心攤出疥瘡與我的一切仇怨，但為了安慰鼓勵人，信中更多瑣碎的小事，那些可能會跟身旁好友提一提也無傷大雅的事，可是對著毫不相識的人說到底適不適切？我猶豫了起來。

當然我不覺得他們須用真實姓名與我聯繫，縱使用了真名全名，我對他們的認識也不會更深一點，我理解網路匿稱之必要。當住院醫師期間，科內網站經營一個名為「答客問」的版，歡迎提出醫療方面的疑問，由住院醫師輪流答覆。當時提問者如阿榮、莎莉、煩惱極了的人，問題包羅萬象，有難以判斷該掛哪一科門診的後頸不自主顫動、車禍後體重直線上升、年紀輕輕就丟三落四健忘至極；不易啟齒的菜花、不舉、不孕檢查；還有令人生氣的留下電話要我們幫他傳真病歷資料。回答的醫師必具名以示負責，僅限知識層面的答覆，沒有醫師抗議過我明你暗這種不對等的問題。為何我此時會產生幽微的不安呢？

才發現我一直習慣「醫師權威」的醫病關係，基於診療之必須，醫生有權詢問任何隱私問題，而醫師躲在白袍下，完全不告訴病患關於自己的事。我過往總覺得一切都是為病患好，當他們扭扭捏捏或支支吾吾時實在不開心，暗叨念著我又不是八卦記者如果不是為了找出病因幫你治療才懶得聽哩，現在有點明白了，病患來到我面前，或許有點像我在通信時的角色——我不知道你的性格，我一五一十對你說了真話，你會怎麼看待我這個人呢？

這樣想來，在醫病關係的摸索中，我又上了一課。

悲涼的腳本

小敏

小敏發現乳房有硬塊，已是一年多前的事，她想用自然的方式去面對——或者逃避，遲遲未就醫，直到腰疼到受不住，看了幾間診所未有起色，與她同住的妹妹才向父母求援。

母親帶她去檢查，腰椎骨盆有轉移的癌細胞，肋膜積水，血色素異常的低，醫生翻開她上衣聽診時觸到她胸前大片不平整的腫塊，斷定：八九不離十是乳癌，第四期。

小敏拒絕化療、電療、荷爾蒙治療，她選擇安寧居家照護。護理師邀我同去訪視，嘗試說服她接受正規治療，畢竟乳癌在眾癌症中屬溫和派，好好醫治多半可再爭取一段時日。我們在她床邊坐下，說明現有的醫療選擇，以及可能達到的療效，她帶著略為急促的呼吸聲說：「讓我與她們和平共存吧，我只想在家調養，給我一點藥讓我不要太痛不要太喘就好了。」她的平靜語氣說服了我。

小敏的父親卻很焦急，經常問要不要驗血紅素或追蹤癌症指數，小敏每次都拜託我去和她父親溝通，父親是理性的知識份子，總是可以理解我所解釋不須抽血的道理，客氣點頭揮手送我離去，但每隔兩週再見面，他依然是同樣的憂慮，詢問我替小敏抽血檢查的可能性，盼能藉此見到身體好轉徵兆。

我漸漸瞭解她父親的心情：對女兒罹患重疾的不捨；對女兒長期隱瞞病情的嘔氣；對未曾積極接受治療的不甘與惶恐。他拿出厚厚筆記本，裡頭抄滿了他讀來、聽來的各種食療帖，甚至也有乳癌患者的成功經驗分享，但他是位謹慎的父親，他相信每個人體質不同，別人有效的不見得適合小敏，所以除了新鮮食材烹煮的簡單料理外，其實並沒有多給小敏吃什麼草藥或補品。我安慰他：你們做得很好了，你看小敏的狀況不是漸漸好轉了嗎？

小敏從最初的呼吸困難，連續說上三句話就面紅耳赤上氣不接下氣，在小房間裡由床鋪走到窗臺都很吃力，到前幾個星期竟能抓著扶手上下樓梯，連她自己都感到不可思議；更令我意外的是她胸前腫塊與耳後淋巴轉移硬塊慢慢消了下來，變小、變軟，腫瘤四周黯沉的皮膚色澤也逐漸恢復正常。她請母親將幾盆植栽移來窗臺，她原喜歡蒔花弄草，如今生活重心更落在陽臺上的草莓與薄荷。

我們戰戰兢兢地珍惜這份好轉，我同小敏及她父母一樣小心翼翼抱著期待的心情，盼望眼前展開奇蹟；我們互相鼓勵，又不敢把話說得太好太滿，生怕一不小心惹老天爺不高興而收回恩典；我們感念天然飲食的純淨，歸功親情支持的力量，推崇園藝治療的益處。

然而幾週後，我和小敏都發現腫瘤緩緩復甦，變硬、變大，顏色也再度變深。我輕觸她胸部時或許眉頭稍稍皺了一下，但嚥下口水，只問起她的盆栽；而她在我伸手觸碰時微微縮了一下身子。我們心照不宣，卻又滿肚子疑惑：明明同樣的飲食內容，如果硬要說有什麼不同，就是她食量稍微大了一些；明明父母一樣陪伴著她，妹妹一樣關心著她；明明窗臺上的植物依舊綠意盎然欣欣向榮。

離開小敏房間，我勉強露出輕快的笑容，照例向她父親打聲招呼，卻推說今天病人多，沒辦法坐下來與他聊天，便趕往下一站去了。

小尊

第一次在安養中心遇見小尊，他剛出院不久，還虛弱地躺在床上，勉強睜開眼聽我和護理師自我介紹並簡短回答問題。和我見過的眾多肝硬化末期病人相仿，小尊有著褐黃皮膚、鼓脹腹部，和高血氨症引發肝腦病變所致的反應遲鈍，但小尊才三十歲。

年輕的本錢讓他體能恢復得快極了，兩星期後再見他，他已能自己滑著輪椅四處走動，看看電視、做做復健，偶爾還幫護士的忙叫喚其他住民，他也開始跟我們聊聊他的過去——都是酒精惹的禍，他秀麗乖巧的妻子終於帶著活潑可愛的兒子離開了他，他反反覆覆進出加護病房，最後連母親都拒絕接他返家，於是送來這裡。

想離開這兒嗎？當我聽說他妻子答應他們父子相聚半日，他母親鬆口說如果他承諾不再碰酒，會考慮帶他回家時，我也試著探問他的意願。那時他一餐可吃兩大碗飯菜了，成日在安養中心大廳晃來晃去，無所事事，我笑問他是班長還是警衛，他靦腆地搖了搖頭，拉起褲管指著兩條腿道：「醫生，我水腫都消了。」

只要有食物有住所，小尊其實已不需人照料了，我鼓勵他回家後多陪孩子，保持體力，也許不久後可以找個不太複雜的差事，賺點錢養活自己。雖被診斷為重度肝硬化，但依他調養的進步程度，假若珍惜殘餘的肝臟功能，大有可能再好好活個五年甚至十年，因此護理師將小尊由「末期」名單剔除，請他自行回醫院門診追蹤取藥。「不要再喝酒了呵。」這是我對他說的最後一句話。

幾個月後，護理師在急診見到床頭掛的點滴瓶上貼著小尊姓名，年歲相符，她翻開小尊蒙在頭上的棉被，驚呼：「小尊真的是你，你怎麼又來這裡？」一旁小尊母親代回話：「朋友來招，又去喝了。」小尊那時還紅了臉。

再次聽說小尊回來住院，他已不省人事。小尊母親恨恨咒罵他那群酒肉朋友，氣憤為何一群人時時攪在一起灌酒，唯獨她兒子殞落。我說不出話來，只有默默後悔問他是否想離開安養中心，後悔以醫者之名斷定他生理狀態的進步，卻忽略他心理的幼稚與脆弱，以致提前讓他回到沉淪的處所，萬劫不復。小尊母親狠狠大哭一場後，肩膀漸漸放鬆下來，重重嘆了口氣：「唉，飼到這款不肖子……早轉去也好。」

阿雲

阿雲的家是租來的，老式屋瓦建築，一個月六千勉強付得起，最好之處是離姑姑家近，幫她顧孩子的姑姑常帶一歲兒子和五歲女兒來看她。推門入房前我深吸一口氣，憋住心中不忍，畢竟三十五歲是太年輕了，但當我望見她，原來揪著的心疼悲憫忽地碎開，在心頭跌成一片悽楚，阿雲蠟黃的雙頰凹陷，乾裂的唇闔不起也張不開，雙手枯瘦，腹部卻鼓脹，腿腫得連要彎曲膝蓋或踝關節都令她哀叫，足背上的皮膚有破痕，組織液不斷滲出，她越南籍的丈夫阿雄呆愣著站在旁邊一言不發，我一時也不知他通何種語言，因此沒對他說話，姑姑倒是推著阿雲的小兒子，頻頻催促我替阿雲安排住院。

已經是最後的時刻了，我心想，或許阿雲盼望多陪孩子，我望著掛在床頭牆上連到她手臂的嗎啡注射管，可以再調高劑量，她感覺痛時也會自行按下給藥按鈕；嚴重水腫的雙腿其實無藥可醫了，只能用看護墊吸除滲液。住進病房能做的也是這些，多的只有來來往往雜沓的人聲，和護士一天數次來量量血壓發發藥，其實阿雲連藥都吞不下了。「阿雲，妳想要住院嗎？」我試探性地等她拒絕，她的回答出乎意外：「要。」聲音微弱，但眼神堅定。「如果住院，就跟孩子分開了，姑姑沒辦法帶孩子去醫院陪妳。」「我知道，我要住院。」我沉思：假如對孩子的愛及留戀已無法成為療方，抑或她不想讓孩子再繼續目睹她的不成人形，我們是否能夠給她遁逃的空間？

護理師留在房內教阿雄包紮腳上傷口，我走到屋簷，告訴姑姑接下來的安排。姑姑說阿雲這幾天已苦到巴不得立刻死去，再不讓她去醫院，大家都要崩潰了。然後她斷斷續續說起阿雲的過往。越南丈夫是阿雲的第二任，第一段婚姻她有過一個兒子，現在跟著前夫過，據說前夫後來娶的妻子待她兒子不壞，因而即使她將離開人世也不願打擾；前幾年阿雲在工廠認識阿雄，兩人便這樣在一起了，姑姑覺得會喝酒的阿雄不可靠而勸阻過，阿雲執意不聽，還偷偷貼了自己的積蓄成親。

「阿雲實在可憐，小學五年級就沒了父母……兩人騎摩托車出去工作時被大卡車撞倒，她爸爸當場沒了，媽媽送到醫院不久也斷氣，留他們兄妹四人……肇事司機到現在還沒找到。」姑姑說阿雲是手足中最伶俐的，所以常帶著她幹點活兒，替她找事做，幾乎當自己女兒看待。阿雲的哥哥則走岔了路，販毒蹲牢。唉——姑姑長嘆口氣後回到現實，說她一定會幫忙帶大這兩個孩子，阿雄也答應讓小孩留在臺灣。只是眼前孩子能夠理解的還太有限，週歲娃早已不認得眼前又瘦又腫的軀骸，五歲童前些日子晚上還挨著媽媽睡，最近卻告訴姑婆：「房間裡有臭味，我不想進去。」

我回到阿雲房間，她的雙腳已包紮好，我望向她那張太過疲憊的臉，忽然覺得時光一下子退回二十五年前，陌生人傳來她父母雙亡的消息，然後她便注定一輩子滄桑，其後的人生，她只是身不由己地走完悲涼的腳本。我們在這個時間點遇見她，除了嗎啡，什麼忙也幫不上。可是縱使往前回溯的歲月裡與她相逢，我們能多做什麼嗎？似乎沒有，就好像，分明看見她一對稚齡孩子即將展開艱辛生活，最後，我也只有含淚別過臉去。

口罩下的故事

兒子的學校組隊到外校參加友誼賽，我前去加油，在操場上等待時我蹲坐他身邊與他閒聊，這時一位男子走近，對兒子身旁的同學說話：「會冷嗎？要不要穿外套？」聲音是我熟悉的那種咬字不清晰、嗡嗡共鳴的鼻音。男孩搖頭。「放輕鬆就好，不要太緊張。」男孩別過臉去。「你等一下想吃什麼嗎？」男孩不耐揮手趕他：「不用啦，你很煩吶。」我抬頭望男子一眼，高瘦的他戴著大大的黑布口罩，鼻梁上架著眼鏡，男孩則像小一號的他，也戴著銀框眼鏡。男子靜靜地走遠了。

我眼前浮現了許多重疊的面容。

在所有照顧過的癌症患者裡，頭頸部癌患者的同質性最高，尤其是罹患口腔癌的壯年男子，十之七八，菸、酒、檳榔至少有一項成癮，或者熬夜或者操勞，心地好，但對妻子往往固執、任性甚至耍大脾氣，他們過去多半是外向的生活，而口腔癌雖需重新整塑面貌，但若治療得宜，身體活動倒是不受太大限制，也可能回到原來的工作崗位。他們病後固然減少外出，但也不會全然與外界隔絕，回到人群時，有些戴著口罩，有些以補皮後的真面目示人。

也許是他們本質裡的義氣與深蘊的柔情，縱使他們手術加電療後面容大易而脾性未必軟化，妻子大半任勞任怨地擔起所有照顧責任，尚可由口進食的，妻子挖空心思煲湯燉粥；安上鼻胃管或胃造瘻的，妻子不厭其煩按時灌入飲品；復發後的末期病人，口內或頰上甚至頸邊已被張牙舞爪的腫瘤盤據，有時冒膿瘡，有時易出血，妻子壓下驚懼、忍著腐味，勤奮換藥。而病人堅毅面對，即使因手術導致他們的發音障礙，還是努力一字一句表達感受，腫瘤切除到無法口語溝通者，則總備妥一本簿子一支簽字筆，與我對談。我也見過好幾位病人，每天換藥時，還要親自拿把鏡子檢視今日與腫瘤奮搏的成績。

走進操場又離去的男子，最終遠遠站在跑道外的司令臺邊觀望比賽。這些年間我多次出入孩子的學校，替他們各種比賽表演加油打氣，但未曾見過這位父親，也許他不好意思到學校，趁著這次外校活動看看孩子在場上的表現，而男孩的眼光未曾望向父親。

我很想告訴他：「你的父親很愛你，也很勇敢。」但我知道必須保持淡然，當作他父親只是感冒聲音有點啞，怕受風寒戴著口罩。口罩下的無奈，口罩下的堅持，口罩下的真情，唯有留待男孩慢慢體會。

歷史上的地理課

網路上看到陳重光老師以九十五歲高齡辭世的消息，「看了真難過」、「上課的畫面都還歷歷在目」、「老師是謙謙君子」、「願他安息，讓我們無論白天或晚上，在風中雨中懷念他，曾經的美好」……國中同學的群組裡大家紛紛留言表示哀悼。

「我永遠記得。『請大家把課本合起來，今天我來講一堂課本上沒有的歷史課……』那天是二月二十八日，一堂口述歷史課改變了一個國中學生認識歷史的方式。如果我能從更多維度思考，都要感謝您。RIP，我敬愛的老師。」W這段話完全道出我的心聲。

陳重光老師是二二八事件中受難畫家陳澄波先生的長子，他從公立學校退休後轉任私校，我們有幸受他教導，起初我不知道他父親是位赫赫有名的人物，當年陳澄波的名字也還不能毫無顧忌公開談論著，在他述說二二八事件的那堂課裡，我頭一次聽到這個故事，關於國民政府撤至臺灣後，其官兵和島上住民間的落差與隔閡所埋下的情緒，專賣局查緝賣菸婦女的導火線，以至後來的屠殺。他說得鉅細靡遺，花了整整一堂課，故事血淋淋的很悲情，但聽他娓娓道來絲毫沒有感受到激憤賁張，他的語調就和平時教我們地理時一樣，印象中他也並沒有特意提及他父親。在我生活的地方發生過這樣的大事，我竟從不知曉！回家詢問父母，他們居然都知道二二八。隔一陣子後，我才聽說老師便是陳澄波的兒子，回想起他的平靜語氣，更令我覺得不可思議。老師教我們整年地理，老實說，我只記得這一節。

Y卻在底下留言：「我怎麼不記得老師講過二二八？印象中他很低調，應該會避談的啊。」T附和：「我的記憶跟你一樣吔。」M接著說：「我也不記得有這堂課……」R說Y功課那麼好，上課都不用聽，專找人聊天嘛。Y裝傻說哪有哪有，T馬上說有呵，你都一直跟我聊棒球。W說M大概是睡著了吧，M答曰：蹺課去打球的機會高些。

教室裡的光景清晰浮現，沒錯沒錯，我們是這樣一起長大的。當我深深被二二八事件撼動時，有些同學正樂得賺到一節沒有進度的課，或發呆，或鑽研數學題，或寫情書；就如許多堂其他的地理課，R認真抄著筆記，W聚精會神地聽講，而我和J不停寫著新詩，讓夾在我們座位中間的O幫我們傳過來遞過去地交流。老師似乎沒罵過我們，我們也儘量不鬧翻天。但他，教著以中國為主的中學地理課，是什麼樣的心情呢？

各省省會、特產、鐵路等等與我們無緣、甚至其實也與中國無關了的名詞要死記下來，老師不帶批判、詳詳實實把教科書內容教給我們，我考前記得的就不算多，考後更是忘了七八成，能存留至今的記憶，只有男同學最愛掛在口邊的「江西簡稱『贛』」，以及帶韻討喜的考題「東北有三寶，人參貂皮烏拉草」。

其他同學還熟記的地理內容應該也不多吧，可是我們都深深感念老師。老師堅毅地接下他父親遺命，並為二二八事件奔走多年，堅持「這樣的歷史絕對不能再重演」。我不曾見他呼天搶地怨怪誰，卻在許多年以後讀到他兒子提起：「我爸爸今年九十二歲了，他幾乎天天夜裡都做惡夢，會發出很大的聲音、雙手用力揮打……」

歷史上的地理課，地理課上的歷史，刻在我的心版上。願老師安息，願歷史留在歷史裡，不許重現，也不許遺忘。

賀言與慰詞

與人應酬，喜慶場合免不了幾句道賀，錦上添花容易，賀詞俯拾皆是人人出口成章，紅包袋上琴瑟和鳴、白頭偕老，證婚臺上郎才女貌、永結同心，講究些的還分男方女方賓客，賀意不同，看是燕燕于飛，或是花燭之敬；另有畫屏再展、其新孔嘉，專賀再婚者，但不知受賀佳偶是否寧可聽聞永浴愛河之流的平凡祝福。參加婚宴奉禮金時，我總寫「百年好合」，一成不變呆板得很，卻未曾移情，我喜歡語句裡那長長久久靜謐和樂的氣氛，並且筆畫簡潔易書，而百、年、合三字庶幾對稱，好字有子有女，完滿如是。然則紅包袋上的祝賀心意，真正傳遞給新人的或許不多，重要的是裡頭鈔票，送禮者名姓與金額載入禮金簿，錢轉帳戶，袋上賀詞便功成身退隱沒垃圾或回收桶，縱是珠聯璧合誤作珠胎暗結，恐怕也無人察覺呢。

喜宴上貴賓致詞，總省不了要祝佳兒佳婦瓜瓞綿延，期許過一兩年，再賀弄璋弄瓦之喜，「璋」喻人品，「瓦」重婦功，原意皆美，但女權高張之後，此分際日漸隱落，璋、瓦之尊卑是否被拿來大做文章，關係著賀詞能否歷久不墜了。而隨時代潮流，人工受孕普及，雙生胎兒益多，麟珠雙喜或棠棣聯輝更勝以往。

成語適合留在紙上，千言萬語咬文嚼字，還不如說一句恭喜，恭喜聲便似爆竹，此起彼落，音節單調，卻是炸開一片喜洋洋的新氣象。於是，事業開張，宏基底定，恭喜；新居落成，瑞靄華堂，恭喜；當選代表，造福桑梓，恭喜；榜上有名，才高八斗，恭喜……總歸是歡喜事，你怎麼恭喜，他怎麼高興，你發自肺腑，他欣然接受；你言不由衷，他樂得見你眼紅嫉妒。

紅白帖相提並論，恭喜的另端，受擁戴的詞大約是「節哀」了，「順變」還說得通，我卻非常排拒節哀二字隱含的暴力，硬生生往喪親者心上再捅一刀，警告你這份悲傷不好，節制為宜。其實言者無心傷害，但節哀一詞一方面安慰人，另方面也是慰問者的自我防衛，祈求喪親者不要在自己面前崩潰痛哭，免得倉皇語塞手足無措。而勸人阻絕悲傷源頭，則如抽刀斷水水更流，若是築壩防禦，不適當洩洪，亦終有潰堤日。好在多數人只將節哀當成喪期禮貌問候的發語詞。

我寧可選擇非語言的關懷，眼神傳情，或點頭示意，如果逝者是我很在意的人，有時淚珠也代我致哀。但戚寒肅穆間不打破沉默常令人難受，所以專家教導一些更適切的安慰話語，「I'm sorry to hear that」是某本諮詢書首選建議，譯為「聽到這個消息我很遺憾」，聽到這句話我覺得很遙遠，意思對，文化不對。

但文化總會彼此交融，東西差距日益縮減，臉書徹底實踐了地球村，雲端交遊廣闊，朋友的親戚的親戚的朋友走了，還是誰摯愛的寵物嚥氣，無論熟識與否，一人發布訊息，隨之便是雪片紛飛的回響：節哀，節哀，RIP，節哀，RIP，RIP，RIP，節哀……。如果不是由臉書習得RIP（Rest in Peace）一詞，我或許會更敬重這縮寫，誠心體會當中願逝者安息之意，然而臉書上一氾濫，RIP也不過成為一種悲情的「讚」了吧。

外祖父過世，我向兩個讀幼稚園的孩子說明。雖然過去在兒童悲傷輔導領域僅有粗淺涉獵，但基本概念如不必在孩子面前謊編死亡神話及掩飾情緒等基本概念仍是有的，我告訴兩兄弟：這幾天可能會看到媽媽、外婆或其他家人哭泣，但不必擔心，淚水只是代表我們對阿祖的愛，因為他離開了，再也見不到他、聽不到他的聲音，所以我們捨不得。有晚我掉著淚，哥哥跑過來問我：是不是在想念阿祖？我點點頭，他便伸出雙臂，由我身後環抱安慰：媽媽妳不用傷心，外公、外婆、爸爸都很愛妳，而且妳還有我們兩個寶貝啊。然後他拿了白紙，畫了許多叢粉色與紫色的花，說要送給阿祖，祝福阿祖快樂。弟弟在這微妙氛圍中插話：我想祝福阿祖回來。哥哥正色道：不可能了啦。弟弟哭了起來。哥哥溫和地對他說：雖然阿祖去世，還好我們都有跟他握到要握的手，所以沒有關係，因為他已經活在我們心裡了。

儀式完成後，外祖父的遺照返家，我攜兩兒回娘家時，哥哥發現照片後立刻拉著弟弟去：你不是希望阿祖回來嗎？阿祖回來了，是照片回來呵，我們來給阿祖拜拜吧。他的成熟表現令我驚異，安慰話語如此貼心，行動冷靜卻深情，我也領悟兒童悲傷輔導中談的藝術治療，在不壓抑孩子的情況下，原是種本能。而我以為曾祖曾孫年歲差距過大，語言也不甚相通，數年相處畢竟感情有限，是以哥哥雖難過，尚不致為此落淚，卻在兩週之後才聽幼稚園老師說起，他一到學校便抱著老師哭：我的阿祖去世了。

五歲的孩子尚知節哀若此，好不好我們成年人莫再輕易叫人節哀了。

備忘

高中時，某補習班發送小巧的日曆本，開啟了我的記事習慣，當時多半與考試作業纏綿：交作文，數學講義題目，背狄克生片語，物理共鳴空氣柱實驗，期末考第一節國文、第二節生物、第三節公民，專題研究報告，科展討論。雖然繁瑣，但這是當時生活重心，就算不寫下來也不太會忘記，書寫的意義是宣告，是勵志，朝聯考邁進的我正全力以赴。更需記下的是金錢往來：購書基金一百元，輔導費兩千五百元，物理交四十元，還裘蒂八十五元、拉拉五百七十元，貨幣流通單純，書寫的目的是確保與證明。其餘偶然出現的異數：油炸綠番茄，幾度夕陽紅，說的是不是偷閒看了電影，或和同學交換小說，已無線索可循。記事本裡夾著醫學院學生會印製的打氣小卡，提醒聯考族「心情保持輕鬆、精神不可鬆懈」，如今回顧這兩句話真是一派荒謬。

上了大學，課業仍重：寄生蟲卵混合片測驗，晚上跟學長拿病理筆記，生理實驗期末考。也有寒冬送暖的老師，十二月二日公布試題，九日考試，我還記得他上課非常認真，對生態環境一直抱持著深深的關懷與憂心。當然紀錄裡少不了社團活動、系上聚餐，以及獨立生活需自理的換燈泡、買牙刷、繳電費，偶爾週末得空下廚：蒸鱈魚、滷雞肉、炒小白菜、玉米蛋花湯。到醫院上班後，每個月班表出來，便立刻在記事本上填入值班日期及負責樓層：八月份內科病房，一日二、三樓，三日四、十樓，六日二、三樓，九日十三、十四樓……，還有哪天晨間會議要上臺報告。

然後婚後不久，日曆本轉型為產檢標註及媽媽教室的備忘；接著便是預防針：五合一、水痘、日本腦炎……。成為兩個男孩的媽，我相當依賴記事本，待辦事項逐一記錄，每日翻查。婆婆也是仔細的人，婆家牆上月曆大字標明出遊與醫院返診，我重隱私，總覺得即使是自家飯廳掛曆，我也不想公告行程，直到小女兒出生，兒子上小學，忙裡忙外忙東忙西，有時三五天都沒拿出記事本翻一翻，錯過了預防針，忘了寄包裹，遲了繳報名費，同一時間安排兩場活動……，我終於也開始在牆上月曆書寫，初始只是預約數星期之後的旅遊，而後是丈夫出差的日子，孩子們學校的晚會，最後對自己的腦容量失去信心，連每星期固定的我的瑜伽課、孩子的鋼琴課都索性標上。

娘家母親則將備忘記事書於廚房工作檯前的大白板上：油鹽醬醋將用罄時的採購清單，親友來電待回覆的提醒，父親的醫學會時程，買了、打了、出席了，再抹去筆跡。

角落另有一些恆常不擦的記事，例如伯父、姑姑們的生日，雖然父親並不曾忘記，但日子過久了，忘的其實不是他們的生日，而是今天幾月幾日。大姑過世數年，她的生日還在。

有天孩子指著白板問我：詹伯伯是誰啊？那是幾年前外公的至交由美國來訪，留下他在臺暫住居所電話，兩位白髮蒼蒼的老者在娘家客廳合影，是有生之年最後一會。詹伯伯是母親喊的，對我來說是詹爺爺，孩子沒有機會稱呼他。我告訴孩子，那是阿祖的朋友，就是你們認識過的那個阿祖。孩子問：那詹伯伯還在嗎？我不知道，就算他還在，那個電話號碼也一點用處都沒有了。那為什麼不擦掉呢？孩子天真而務實。孩子呀，以後你們會懂，備忘錄有時候是種遺忘催眠，留著，我們彷彿忘了阿祖已經離我們而去。

前呼後應

家裡兩個男孩都愛運動，又在鄉下成長，但不知為何學騎腳踏車的速度極緩，推想大約是當媽的我既不積極推動，也擔心害怕他們有朝一日騎上車來車往的大街，因而遲遲不肯放手。老大到小學二年級驚覺班上只有他不會騎車，這才肯花些工夫學習，初始兒童腳踏車的輔助輪還不願拆，騎了幾天發現這樣對平衡感訓練完全沒有進展，拆去一邊，結果整個重心老往有依靠那側倚去，還是沒有幫助，狠心拆掉小輪，他便不敢放腳踩踏板。當年公公身子還算硬朗，找了根長竹竿叉住腳踏車後座，亦步亦趨在他後頭撐著，公公辛苦，孩子學得也不帶勁兒，總要天時地利人和的連假才牽車到學校練個幾回，過了幾年終於勉強在校園裡兜圈圈。

後來有朋友介紹一款滑步車，小巧的腳踏車造型，沒有踏板，讓小小孩用雙腳一蹬一蹬往前划，划順了便縮起腳體驗平衡，朋友的孩子練熟划步車後，一上腳踏車踩個幾下便順利學會騎車。小女兒在兩個哥哥揮汗練騎的兩年間跟在一旁優游自在玩著划步車，划呀划到一百二十公分身高、準備要上小學了，心想她會學得快些吧，當她跨上腳踏車，還是全身緊繃不敢讓兩腳同時離地，她爹當然捨不得她跌，在後頭抓緊後座穩住，女孩仍不肯出發，直到我答應在前面扶著置物籃，確保她的車體穩定，才戰戰兢兢慢慢踩著踏板前進。我與她爹就這麼一趟一趟前呼後應地伺候著，我的長年腰痛與她爹的背脊佝僂一定也一點一滴地加劇，儘管心裡明白這樣太寵溺，還是馬不停蹄地拖拉，並且全神貫注，就怕馬有失蹄啊。

陪女兒練車後那個渾身痠痛的上班日，到一位癌症已轉移到頸椎與髖骨的病人家探視，病人女兒見到我們就抱怨：「昨天被我媽整慘了。」病人這兩日精神稍恢復，便想自個兒騎腳踏車出門購物，她連走到客廳撕張日曆都跌坐地上了，家人怎可能放心讓她自己外出，何況是騎車呢，於是她女兒與丈夫擋她，一人緊抓龍頭，一人扯住後座，與她在前院僵持了一刻鐘，直到她體力耗盡，才被架回房間。「我也知道她很想要自由的感覺，可是現實上就沒辦法嘛……昨天那幕真是又好氣又好笑，」女兒推推她的臂膀，「對不對啊，媽？」

病人有些理虧也有些無奈地苦笑一下，我的眼眶卻溼了，想起我的女兒，將來會不會也面對這樣的景況呢？我努力在此刻的記憶體裡輸入避免犯的過失，但也清楚太多時候人們總是老病至無法自制。親愛的女兒呀，未來的某一天，假如妳也與我僵持不下，也被我整得又好氣又好笑，但願妳憶起騎腳踏車的歲月，然後舒口氣，再吸入一些寬容，為彼此人生完滿地走一個圓。

妙手鐵剪刀

小學中低年級時，住家頂樓是可以養雞栽花的庭院，十數個大小盆栽種植各式易生長的花草，我和妹妹摘來扮家家酒，把粗細厚薄不一的葉片切碎了做菜，灑上些許花瓣調色，紫紅日日春產量豐，加上挑取花芯的趣味，是最常褻玩之流，偶有幾朵白花穿雜其間，總令我興奮不已，好喜愛卻捨不得採下糟蹋了。另一類可增添菜色繽紛的是大菊花，景仰陶潛的祖父心血來潮便買個幾株，鮮黃花瓣一大叢一大叢，悄悄拔十多片也不會被發覺。或是折斷蘆薈，黏黏汁液糊了雙手，想像肌膚從此吹彈可破。

搞破壞也要興建設，有回我埋了三顆木瓜籽在閒置花盆裡，居然冒出一苗，興沖沖地茁壯起來，我每日見她哄她，灑點水除除雜草，呵護到過膝高了，一日放學尋不著樹，母親說：鏟掉扔啦，要種別的花了，妳那木瓜樹又不好看，縮在盆子裡也結不出果實。

不確定是因為傷心還是課業壓力過重，幾年後搬新家，有個更大的花園，我卻鮮少駐足。肯定的是，我的栽植能力已隨木瓜樹被連根拔起。

赴臺北上大學後，小阿姨心疼我住在十字路口，開了窗便有吸不完的汽機車廢氣，送我一盆薄荷擺窗邊，好清靜空氣轉化心緒，照得到光，也澆了水，不知何故幾個星期便垂垂死去。母親為我找了開脫的藉口，大概是臺北氣候不佳，陽光欠足，這些我是不信的，分明臺北很多綠意盎然的盆景。

婚後返鄉定居，暫辭工作安心當個家庭主婦時，我向母親要來一棵九層塔，置於好風好日的陽臺上。在娘家時生氣蓬勃、枝葉恆採不盡，我接手不多久竟回天乏術。母親安慰道：那株是別處移來的，或許年歲大了壽終正寢吧。公公見我神情沮喪，買來四棵幼苗，替我種回花盆裡，我眼巴巴盼著她們速速長大，終於有棵結實飄散出香氣，沒幾日卻染了怪病，一葉一葉出現焦黃軌跡，接著一株漫過一株，一次未採收便全數陣亡。

我確實沒有綠手指，但連薄荷與九層塔都養到沒命，「一根綠手指也無」已不足形容我的顢頇，有日在作家阿盛的文章中讀到一詞與綠手指相對，曰「鐵剪刀」，心有戚戚焉，對，那說的便是我。

然而置九層塔於死地的毒害究竟自哪來？我摸不著頭緒，鄰家並無植栽，另二戶則以堅實牆壁相對。但病蟲害闖得入，新生命自然也跨得進。土盆棄置數月後，逕自抽出新芽，一寸一寸往上掙，我瞧她這麼努力，忍不住賞她幾勺水喝，於是她發育得更賣力，左枝右節不斷吐露葉片，過一段時日，在頂端結了淡綠色穗，再一陣，即安然結束她塵世旅程，滿莖的穗洋洋灑灑落了一地。我不介意，反正是雜草吧，來得去得。不過聖經早有明訓：若是落到地裡死了，便會結出許多子粒來。雜草與麥子一般，不分貴賤。就這樣，花盆貧瘠的土壤不久後擠滿迫不及待的新苗，只是扎根空間局限，你推我擠的大夥兒都長不高，有時水澆少了，弱者淘汰，再灑些水，強者便更壯大一些，後來剩九棵各自據地為王。我不曾愛憐撫摸她們，或施肥除蟲，其實也全無必要，莖上有褐色蟻爬來爬去，幾個葉片留下啃嚙痕跡，但絲毫無損強韌的生命。我洗完衣服等待脫水的空檔，常蹲下來欣賞花盆裡自成一格、平衡的生態系。

坐月子期間回娘家住了數週，再度返家時，植物全枯了，不存一片綠葉，我在乾裂土上潑一瓢水，枯枝居然重新發出嫩葉，精神奕奕繼續伴我洗衣，毫不怨怪我先前無情。

明明白白，雖然晴耕雨讀是幅好美麗的風景，我若如是選擇，只能吃雜草度日。幸運的是公公很會種菜，退休後借了鄰街一畝地，栽培起空心菜、地瓜葉、茼蒿、菠菜、秋葵、青蔥……，聽說孫子愛吃玉米，便也不厭其煩地栽種。灌溉、施肥、抓蟲，每隔幾天便有新鮮菜送來給我，清洗時往往可見瓢蟲、蝸牛或菜蟲，他們也是韌性一族，有時在冰箱凍了好多天取出，僅若冬眠一場而後甦醒。

公公樂於分享，收穫豐盛時，住附近的親戚便有口福。但最近有口福的人多了起來，卻不相識。玉米剛成熟，不翼而飛。孩子跺腳，噢，阿公種的好香好甜的玉米，到底在誰家飯桌上呢？究竟是否同一人也不得而知，但一回兩回三回，每隔幾月玉米要收成了，就被盜去好一些。後來種了冬瓜，結出六顆果實，才摘一個便又被竊走四顆，最末那個，不得已在將熟未熟之際搶先採收。

俗話說：細漢偷挽匏，大漢偷牽牛。可現代菜賊多半不是孩子，因為現在的孩子，幾乎分辨不出瓜果成熟與否。既是大賊了，便難防得多，只好和偷菜賊像機智搶答般，看誰先嗅出果實熟味，然後快狠準地下手。

心疼公公的辛勞，而我終究是幫不上忙的，還是回到自己那盆雜草，望著她的天真她的恣意，想像自己也有綠手指，終於穩住一盆植物，感受她的療癒功效，更令我驚喜的是，前幾日有位長輩告訴我，她的名字叫「鳥莧」，我上網一查，雜草別號野菜，有人烹煮來吃呢，看來晴耕雨讀未必是遙不可及的夢想了。從此我澆水更起勁，偶也剪除枯葉雜枝，喜孜孜瞧著她們枝繁葉茂生生不息……，個中歡欣與成就，咦，便似我醫好眾多感冒患者時，那份膨大的自我感覺良好。

輯四

花落花開

來去五峰

坐在五峰鄉桃山衛生室的診間，隔著紗窗向外望去，下過雨的空氣中漾著被沖刷過的清新氣息，初夏的嫩綠葉芽閃耀沛然活力，蟬鳴聲綿綿織成樂譜上掌管音域的五道線索，綴上吱喳啁啾嘰咕窸窣的音符，串成一曲田園交響，遺憾的是隔壁掛號間的護士小姐連線廣播電臺，把音量開得老大，加以收訊不良，流行樂曲與工商時間片片段段地響起又消失，消失又響起，像技術不純熟的駕駛開在顛簸崎嶇的道路上一煞一煞地往前行進，我的心情也被這樣一緊一放地拉扯而煩躁起來。為什麼不願好好享受天籟美樂呢？但低下頭，我見到自己的手巴在鍵盤上叮叮咚咚敲打著，抬起落下左手食指右手食指中指左手無名指、左手食指右手無名指左手無名指、左手食指中指……彷彿已經很多年了，指尖的親密接觸，完全奉獻給電腦，我還記不記得伸手要掬一捧雨水時，雨滴落在手心微微的搔癢？還記不記得摘滿一甕花草枝葉玩洗手做羹湯的家家酒時，小心翼翼擦拭葉脈或是抽取花芯的觸感？手還記不記得攪動泥巴的感覺？

卡雷說，撥開泥巴，觸碰的是屍塊。

二〇〇四年艾利颱風來襲。八月二十三日下午發布陸上颱風警報，除了艾利本身挾帶的豐沛水量外，與附近海域上的佳芭颱風互相拉扯造成的藤原效應使得颱風移動速度變慢，滯留在臺灣上空的時間延長，颱風行進動向也不易掌握。颱風登陸後，五峰消防隊員陸續出動協助因路樹倒塌、土石崩落、溪水暴漲而受困的民眾。二十四日晚上，清泉派出所的江所長與警員執行巡邏勤務時見到高漲的上坪溪已逼近清泉大橋橋面，而通往清泉溫泉的吊橋也被沖毀，另有部分道路坍方，警方一面疏散低窪地區民眾，一面封鎖橋頭等危險地段。而消防隊員也前往轄區各部落實施災情查報並勸導危險地區民眾移往清泉天主堂及衛生室。據消防隊員啟天形容，他們返回隊上時，雨勢似脫韁野馬任意狂奔，躺在床上還聽得見滾石落進河裡的重重敲擊聲響。當晚九點左右，五峰鄉電力中斷。

二十五日凌晨一點多，民眾報案指出有土石流入侵民宅。電話線路於兩點左右斷訊，之後便僅能靠無線電通報的方式接收與發出訊息。當日早晨消防隊與警察徒步外出勘查災情，九點多接到桃山村十三、十四鄰的民都有部落有人遭土石流活埋的消息，還有傷者待援，於是五峰消防隊的劉分隊長領著隊員卡雷、啟天、丫丫，桃山派出所的陳警員，以及當時駐診桃山衛生室的黃醫師，攜帶救護器材和山難裝備，徒步前往救援。行進的路途中，啟天見到自己的家門被崩落的石頭掩蓋，而對面姑姑家的房屋則是全毀，他卻無法稍事停留，得跟著其他隊員繼續前進，忍住內心衝擊走完六公里的路程。當他們到達民都有部落時，由住屋內被沖到三百公尺外的陳義妹已在鄰居的協助下自土礫中爬出，她全身多處骨折及擦撞傷，由黃醫師及消防隊員於現場包紮固定後，申請直升機送醫，雖然沒有立即的生命危險，她卻永遠無法抹去親眼目睹了土石堆裡伸出的女兒的手那種椎心刺痛。十點左右，陳義妹的丈夫楊銘強與女兒雅婷被搶救脫困時早已無生命跡象，而兩個多月的女嬰劉美琪則不知被沖至何方。

民都有部落搜救告一段落，把其餘居民安置到嶋瀨教會後，又獲知十五、十六、十七鄰的清泉部落亦發生土石流掩埋民眾事件，消防隊員於是趕往救援。陳世明的屍體在清泉溫泉上方被掘出，稍早他才將妻兒送到安全處所，而後自行返家收拾東西時被山洪淹滅。陳珠輝的遺體則於將近一點時在清泉停車場被尋獲。清查部落居民後發現尚有一位失蹤民眾葉有祥。

下午五點半，一名白蘭部落的居民跋涉越過坍方的路段到派出所來，告知十二鄰土場部落遭土石掩埋，可能連清泉檢查所都覆沒其中，消防人員轉往土場救災，但因天色已晚，氣候不佳，聯外道路癱瘓，整個部落的災情非一朝一夕可以消弭，救難人員便夜宿清泉天主堂，翌日再展開漫長的救援。

二十六日一早，消防隊員協助黃醫師在清泉停車場設立救護站方便村民就醫，然後分為兩組搜救隊，分別留守前進指揮所及前往土場進行搶救。新竹縣災害應變中心負責救災的統合調度事宜，聯絡各單位支援並派遣直升機協助運送人員與物資。上午九點半，救難隊員在土場尋獲周仕豪與何振義的屍體，並拾得數屍塊等待鑑識。二十七日上午發現周鴛養遺體……

前所未有的災難來臨便會伴隨前所未有的慌亂。傷亡的消息傳到鄉公所、縣政府、媒體，然後隨著電視放送到全臺各地。警察與消防隊員忙著聯繫、救援，加上電力中斷電話斷訊，道路坍方進退不得，新聞時會誤傳某人死亡的消息，隔一會兒又復活，而真正的傷亡名單也陸陸續續增加，在外地的家屬緊盯新聞報導心急如焚，按著遙控器在TVBS、東森、民視……間穿梭，焦慮卻無法隨之移轉。江所長的家人住竹東，到二十六日晚間十一點，花蓮的朋友在電視上看到他的身影，消息傳到宜蘭再傳回竹東，家人方確認他的平安。消防隊的丫丫更等到二十八日才有機會和臺南的家人連絡上，一接通就被擔心的家人劈頭罵了一頓。

進駐土場部落救援後，卡雷以災場為家度過一個多月。

最初，一切機具都是缺乏的，當地居民正好有一架挖土機在附近，過來幫忙開挖，其餘便靠救難人員的雙手撥開泥土拾起像落入混凝土預拌車裡攪和過的屍體。卡雷和幾位消防隊夥伴，穿了救助鞋戴上手套，在地面上搜尋遺體屍塊，找到了，撿起來，用消毒水沖洗，放入屍袋，再找，再撿，再沖洗，再放入屍袋。救援的人力當然不夠，於是各單位分別湧入：衛生所派來的人到了之後立刻被請回，因為屍體並不需要醫護人員來宣判死亡；軍方派遣的支援也在一兩天後撤離；消防署特搜隊和民間搜救協會各帶了兩隻搜救犬來協助救援工作，但據說搜救犬在一大片土石泥地與漫天屍臭中並沒有發揮靈敏的嗅覺，倒是當地的野狗失去居民賞賜食糧後餓得發慌，在災場裡叼出屍體來啃，被救難隊員撞見拿便當向牠們換回死者。

卡雷那段時間就住在附近未被淹沒的民宅裡，民眾當然是撤離了，除了罹難者的家屬進入災場心焦地等待或是親自挖掘。開始搜救的頭一個星期天氣還不穩定，雨落未停，不時仍有小石崩落的聲響，幾個人要輪流守夜觀望天色，以免忽地又來上一波洪流把救難者和罹難者同埋一處。要洗澡只能用冰冷的山泉水，其實洗不去滿身的疲憊與髒汙，但反正沒乾淨的衣服換穿，反正洗了澡很快又會被汗水雨水泥水浸潤溼透，反正身上髒臭置身在廣大的髒臭之間也渾然不覺。晚上打地鋪，最初幾天睡在屍袋裡，屍袋的材質是防水氣密塑膠布，拉鍊上下拉開，類似塑膠衣櫥，卡雷說，睡在裡頭還挺暖和的呢！後來直升機運送物資上來，才有了睡袋。

在慌忙中協調，在混亂中調度，道路一邊搶通，怪手和卡車一輛輛加入救援行列，直升機透底地忙，要帶員警做空中巡邏，看看是否有其他危險地段、還有沒有受困居民；要運送物資入山給災民和救難人員；要把傷者與屍體都運送下山；要帶長官前來巡視災情，凝重地點頭、搖頭，神情肅穆地拍照，民之所欲常在我心，你們的哭泣痛在我心裡；還要載送記者們天天往返，採訪記者、攝影記者，電視媒體、平面媒體，這一家，那一家，誰都不想獨漏新聞，挖到屍塊的時候，記者一窩蜂湧進，照相機擠上前喀嚓喀嚓喀嚓，麥克風遞過來這是誰啊誰啊誰啊……。直升機馬不停蹄，民眾卻依然不捨晝夜地抱怨，為了搶搭直升機，有立委大聲咆哮，有遊客謊報傷病，也有民眾不聽指示搶前要搭機，若不是卡雷及時撲過去將她推開，她的頭顱很可能被快速旋轉的直升機尾翼斬下。

土場部落所有搜尋任務到十月中結束。

艾利颱風在新竹縣山區造成的災情，共計有十七人死亡，六百七十八人重傷，一百六十六人輕傷，及五人失聯；房屋全倒的有六十九戶，半倒的有六十一戶；道路交通方面，部分斷毀的橋梁已重新搭建，而許多嚴重坍方的路段迄今仍未完全修復，豪雨來襲，還是常有土石崩落造成交通阻滯。

災民在土石流發生後一度被安置在楊梅高山頂營區，後來他們接受了半年的租屋補助，如今有些居民到親戚家借住，有些在竹東有房子，有些則遷移回原來的家園。他們的家依然立在鬆軟的地質上，向山頂延伸仍是水流源頭，反覆的小地震足將已然脆弱的泥層抖出更多裂隙，雨來再灌水，終有一天承受不了，泥砂土礫會再滔滔翻滾下來，土石流稍一改道，則是更嚴重的災情。在艾利颱風之後的幾個月，只要有颱風豪雨要來的消息，不需警察消防的宣導苦勸，居民都會自動移到安全的住所，但日子一久，大家又漸漸恢復固守家鄉的硬脾氣。而政府曾允諾的遷村計畫，也遲遲未行。

我問他們要些當時風災紀錄的書面資料，江所長拿出員警秋義山寫的《艾莉（利）颱風回憶錄》說：過程差不多就是這樣了。ㄚㄚ另外遞來一本新竹縣政府編的《艾利颱風搶救記實》，有人說：那是豐功偉業版啦，但還是有點參考價值；有人說：喔，那本啊，我懶得看；有人這時才翻開見到內容，忽然發現：咦，這不是我拍的照片嗎？這段是用我們交出去的回憶錄嘛！江所長翻了幾張發生土石流的民都有、清泉、土場部落的相片，對照著再說一遍給我聽，他拿著筆在圖片上圈點，這就是上坪溪，二十四日晚上我們在這個地方巡邏，水已經漲到這兒了……

「昨天夜裡我又一個人到檢查所附近晃，想見到他們，我八字很輕，如果他們回來我一定會知道。」阿源說話的時候雙手揮舞。阿源是清泉檢查所的員警，颱風來臨時他正好休假到高雄接兒子。清泉檢查所總共五位警員，在艾利風災當中，除了放假的阿源和阿強，其餘三位包括所長張聖堂、副所長曾國雄、警員孫智華，連同當地住民十餘人都被奔騰而下的土石流掩埋。「我被召回，來到檢查哨所在，一目了然，什麼話都不用講，也不能講，這都是意想不到的……。我一個人半夜去那裡並不會害怕，因為不是我害他們的，不是他就是我，不是我就是他，我們共事很久了，就我們幾個人輪來調去……，我回去好幾次了都沒見到他們，想要日有所思夜有所夢，但他們也不曾回來託夢，我想他們一定上天堂了。」阿源的制服被埋在土石堆裡，到現在還借別人的湊合著穿，我問他過這麼久了還沒做好新的制服嗎？他搖搖頭說沒有臂章了，我又問他臂章不能做新的嗎？他說忘記自己的編號。我不信查不到編號，但聽他接續著說：「衣服鞋子床啦什麼都不重要，重要的是我還活著。現在那一片地已被剷平，還可以種果樹呢，雖然看得到山壁崩落的痕跡，但跟當時景況完全不同。過去的都過去了，沒辦法挽回，可是活著的人還有未來要過。」

在艾利颱風中，雲山派出所和清泉檢查哨同樣被土石流推落掩埋，目前兩個單位的警員都移到桃山派出所一起辦公。新調來的檢查所黃所長說，叫阿強開車載妳到土場看看吧。

沿途見到土石沖刷後的民都有和清泉部落，果然像照片一樣，濃綠的山陵被一匹黃褐切割剖半，和相片不同的是當初被土石阻斷的道路及沖毀的民宅已整修過，土石流突兀地穿過自然山林穿過人為建造留下一道怵目驚心，而人們又奮力穿越這一條狂暴洪流的遺跡理出家園理出我們進出的通徑。汽車往前行駛，坍方過的路段越來越多，有些已經重新鋪過柏油，加上圍欄，有些只是把土礫推到一邊。土場附近重新清理出來的道路上，雙側的土石有兩部車子高。

來到重整後的土場部落。土場，除了這兩個字以外沒有更好的形容了。滿山遍野的土。三架怪手停在那兒，不遠處見得到幾戶民宅，房子裡有人影閃動，阿強說右邊那幾間是倖免躲過土石流的房屋，上面那棟則是災後重新搭蓋的。阿強比手畫腳地指著這頭那頭說，這裡本來是河川，有一座大橋通過，土石流是這樣下來的，從兩邊，把橋壓垮把河填高，現在看到的橋是重新建造的。檢查所原來在橋的那一端，其實根本就不應該設在那裡，葛樂禮颱風的時候這邊就發生過土石流了。這次的土石流把上頭的雲山派出所和清泉檢查哨沖得支離破碎，電視、制服、資料……全部全部都毀了，兩個所總共六把配槍最後只找到兩支。我望著眼前景物，不很理解當時翻騰滾滾的泥漿怎能如此強悍霸道地闖過居民的地盤，或是不敢理解，生命會瞬間毀滅的事實。

提到逃過一劫的運氣，阿強說：「八月二十三日我休假，本來只休一天，可是我跟所長說讓我休兩天，二十五號早上我要回來上班的時候路都不通，後來才知道他們出事了。事發之後我回來過兩次，有給他們點香菸，這是我們原住民的習俗，點菸或是灑一點米酒驅邪。」曾國雄的屍體一直沒找到，與其說是屍體，不如說沒找到任何一塊DNA辨識與他相符的有機物。因為沒有證據，必須等滿一年才能宣判死亡給予撫恤金，說到這兒，阿強嘆了口氣，那麼多錢留給妻小又有什麼意思呢。

回程時，阿強指著旁邊一棟建築告訴我，這是曾國雄的家，就在離檢查哨不遠的地方。阿強說，如果還想知道什麼，可以上網去查，網路上有很完整的資料，打他的名字會找到一些報導，《台灣日報》有刊登過。但今年警察節年代新聞來採訪他時，他卻說不出話來，「過太久了，都忘光囉。」他搖搖頭。

傍晚休診的空檔，卡雷帶我順著衛生室旁的小徑上坡，沿路指了各種花草樹木教我認識：「這是柳杉，妳看她的葉子細長低垂就像柳樹，而樹幹是很好的建材。」拍拍不太粗的樹幹，我和卡雷四隻手掌要將她圍起綽綽有餘，我還以為好的木材都是很粗壯的。「這是肖楠，這兒最值錢的樹，也是特好的建材。」肖楠的葉子扁扁的，好像我用原文教科書壓過的乾燥花厚度，卡雷說她就是和扁柏同科的啊，我歪著頭嘟噥：不是應該肖楠屬楠科、扁柏屬柏科嗎？路過一畝菜園，一位阿婆正在採茄子，卡雷鑽近她的菜園，我也興奮地跟在後頭，原來茄子的花同樣是紫色，七星花瓣柔軟垂下枯了延伸成圓潤的果實，我不時發出呼啊哈的驚嘆聲，卡雷和阿婆都搖頭笑我的大驚小怪。阿婆說旁邊種的小黃瓜可以採來吃，於是卡雷摘下兩條，用手心抹了抹後把其中一根遞給我，我其實是討厭吃黃瓜的，早餐店的漢堡，我往往把兩片麵包中間扒開一個縫，輕輕搖晃讓小黃瓜絲跌落塑膠袋底，但這時我卻擋不住在山林裡生啃現採蔬菜的誘惑，接過一棒鮮綠塞進口中，ㄎㄎㄎ，養顏美容的汁液滿溢，雖然我還是無法喜歡小黃瓜的味道，但著實耽溺在這份新鮮的幸福裡。又經過一片三、四分大的園地，泥土一隴一隴堆高，中間的凹溝裡灑了肥料，地面上茂盛的長葉子我看不出會有什麼價值，卡雷說這種植的許多排作物便是生薑，生薑在土壤裡肥大起來，東冒一顆西長一球，好像痛風一樣。

現在是盛產水蜜桃的季節，卡雷說這兩天要採收嚕，有機會帶我一道去，坐在水蜜桃樹下隨手摘，愛吃多少便吃多少。沿路還見到橘子長到鵪鶉蛋大小，甜柿則有乒乓球大，她們按著時節順序成熟。此時我想念極了秋天的脆甜柿子，但不希望因此改造出夏柿的新品種而破壞了自然的規則。

走到一處圓柱形大水塔，卡雷說他一個人來時偶爾會爬到上頭去坐會兒，我鬧著說也要上去，我們攀附水泥壁上的鐵梯一階階登上塔頂，然後坐下來看遠處蓊鬱一片。我向卡雷抱怨臺北的天氣總是不清爽，不下雨的時候悶，下了雨則是潮。這兒真不錯呢，瞧這雨後的天空多亮，陣陣輕風吹拂多涼，我真想待久一點兒在這山上。卡雷說：如果一直都只下這樣的小雨就好了。

尋找三商虎

職棒元年，我棒球生命的起始。班上幾位男同學在抬槓，一個說兄弟好，一個說三商強，我湊熱鬧地問：什麼跟什麼，棒球隊呵，三商比較好聽啦。因為三商是我喜歡逛的百貨行。從此我也跟著關心一場一場球賽，一方面球賽確實扣人心弦，另方面也為了融入討論班上最熱門的話題。我聽中廣球賽轉播，看《民生報》體育版，慢慢了解棒球規則，慢慢認識各隊選手。味全龍、統一獅、三商虎、兄弟象，各有各的擁護者，我們回味昨天的比賽，誰的全壘打，誰的完封，誰的雙殺，每節下課都沸沸揚揚。哪位同學手上有報紙，有球員卡，有職棒雜誌，有遠赴臺北現場觀戰的照片，便被包圍老半天。清朝簽的一堆條約，西元幾年，賠幾多錢……老背不熟，然而球員背號、身高體重、生辰年月，我們記得清清楚楚，連每天變化的打擊率及防禦率都如數家珍。熱情延燒到日本職棒，我沒有觀看的管道，於是跟著班上多數同學支持西武隊，至少隊裡有個我叫得出名字的郭泰源。

男生看棒球，興奮時泰半是腎上腺素在血液中流竄，想著這技巧值得學習，或是敬佩，想著有為者亦若是。女孩看棒球，喜悅時分泌的卻經常是另一種荷爾蒙，哇，好帥！喔，好帥！天啊，簡直帥呆了！但又何妨呢，總是我們看著同樣的球賽，說著彼此都熟悉的球員。這是國中生的好話題，滿足我們想抒發己見的慾望。吵宗教太沉重，吵政治太汙濁，唯有吵職棒，可以爭辯得那麼淋漓卻又無傷。

聽棒球聽成了癮，然而比賽大半從我應該認真讀書的晚上六點半開始。球季當中，我往往拎著參考書，將廚房邊平時習慣做功課的書桌搬到臥室，告訴母親我要關起房門專心算數學，然後偷偷扭開收音機，開極小的音量，與三商虎同進退。有時出來上個洗手間回房，發現喜愛的球員擊出安打，下一輪他站上打擊區，我便如法炮製。有時我會用數學解題速度許願，如果我在攻守交替的廣告時間內算出這題，三商下局就會得分。

播報者必然熟悉棒球，我想他們多半也有支持的球隊，雖然基於專業他們得客觀轉播，但關鍵時刻，當球飛越全壘打牆，或是落入手套，他們掩飾不全的雀躍或嘆息，總能透露其心歸屬。

之後上了女中，棒球熱潮自沒有那麼沸騰，有位功課不錯的同學，常宣揚她昨晚又聽整場球賽，都沒念書。「第五局超可惜，差不到一公尺就是全壘打了，是不是？還有某某某差點被球打到，幸好他閃得快……」我劈哩啪啦發表感想，同學卻訕訕說道，她剛好沒聽到這幾個地方，大概是去吃水果的時候發生的吧。我想起姑丈高中班上的第一名，每星期都說去看了什麼電影，哪些明星，內容如何，有回姑丈也湊足錢跑到電影院，見到第一名同學，正望著看板仔細抄筆記。

後來電視轉播的場次多了，而我也得至球場體驗狂熱氣氛。三商虎的戰績經常在底部盤旋，但我仍喜歡到場上加油，排隊領取免費的學生票，享受當時絕佳的娛樂。「安打安打全壘打」喊到聲嘶力竭，敲加油棒、跳波浪舞，消耗精力、消除壓力。

赴日本遊學的暑假，我終於有機會認識西武隊。靠著日本發達的鐵道，在「西武球場站」下了車，比手畫腳買到了票。那是場郭泰源主投的比賽，我走入西武的啦啦隊區坐下，啦啦隊長發現生人熱情招呼，知道我從臺灣來後，顯得更加和藹，「日本的夏天很熱吧。」「是呀，很熱呢。」「臺灣的夏天跟日本比起來如何呢？」「差不多吧。」（因為「臺灣比較熱」的日文我說不流利）「郭泰源從臺灣來，是很棒的投手。」「沒錯。」隊長招來啤酒小弟請我喝一杯，「我們一起為郭泰源乾杯吧。」「乾杯。」啦啦隊長親切、簡單而緩慢地用字遣詞，讓我誤以為自己日文突飛猛進，酒精的薰陶下我也多話了起來。

日本球場更加整潔遼闊，職棒選手的精湛球技也略勝一籌，然而回到臺灣，魂牽夢縈的依然只有三商虎。大學班上找不到三商的同好，因此大夥兒一塊親臨球場加油時，我只好委身敵營觀賽，在一片「唉」嘆中偷偷「吔」一下，當大家用力鼓掌時以跺腳代之，已經夠窩囊了還要被同伴瞪一眼或是取笑。

「中華職棒聯盟」增為六個球隊後不久，又冒出新的「那魯灣聯盟」，當時我不明白，臺灣的球員及球迷，哪有本錢再分散開來？職棒漸漸地損失了精采度。直到有天在報上讀到：黑道挾持，球員放水……原來這是一盤大賭局。我下注了真誠，然後被沒收。等我回過神時，三商虎已宣布解散。

接續有幾年，我失去看職棒的能力，偶爾書讀煩了，閃過「到球場去吶喊吧」的念頭，才又想起，我的三商虎已經不在了。

直到王建民掀起美國職棒風。

這是個不同的時代了，電視場場轉播，網路便捷。國中暑假班上許多同學齊去參加夏令營，聽不到廣播，看不到報紙，天天有人打電話回家問球賽內容，再轉達其他人。轉述者有時加油添醋，有時自行捏造，我們就活在虛擬的戰績裡。如今，王建民遠在紐約的賽事，都能在學校課堂中靠著無線上網即時知道勝負。而賭盤下注的狀況，更光明正大刊在報上，幾賠幾，我想起我的青春熱情，便賠在某些球員放走的東逝水裡。

畢業後因工作接觸一位癌末的八十幾歲爺爺，他唯一的興趣是看棒球轉播，最崇拜林仲秋。我聽到林仲秋，興奮了起來，他曾是三商虎隊的中心大將。我滔滔說起了三商虎，爺爺卻無歡喜的表情，家人在旁解釋道：爺爺只喜歡林仲秋啦，從他入選中華代表隊時便欣賞他的表現，他到日本打球、回國加入三商、三商解散後轉隊、退休成為教練……爺爺一路忠誠追隨。

八搶三奧運棒球資格賽，中華隊領先。電視轉播員樂不可支。「吔！」「打擊出去……到中外野……啊……」「帥呀，人又高又帥，又會打球……」如果不盯著螢幕瞧，根本搞不清楚球滾到哪兒去。

「鏘」的一聲，球飛得又高又遠，我們緊緊跟隨拋物線，捏著手心，脈搏加速，然後狂喜。在某個點上交會時，我們曾經同聲喝采。

只是紅葉少棒神話太遙遠。一家人半夜守著收音機為中華隊加油也不是我的時代。我喜愛的三商投手，成為此次中華隊的教練。看到電視上「職棒十九年即將開打」字眼時，我忽然明白我愛的三商虎永遠永遠不會重現了。鄰家小弟弟熱愛棒球，小學六年級的他並不認識我細數的球員。那位八十幾歲爺爺口中的林仲秋，也與我體會的不同。迷戀棒球的人眾多，卻各自走著不同的路，起點相異，歷程相異，終點相異。
愛著棒球的我，和你，和他，其實如此孤獨。

雙祖別

更早一次戴孝送行，已是二十年前，祖父過世，那時我剛上高一，立志考醫學系。雖非我心之所往的專業，但那是家族的傳承與希冀，祖父的父親是醫生，兒子是醫生，他自己也習過幾年醫，無奈亂世動盪，學業中輟，終生抱憾，故對晚輩的訓勉，總是醫路光明。在他受腸癌折騰至體衰氣虛時，我曾對著鏡子留著淚說：「阿公你要等我，等我考上醫科給你看。」然而祖父甚至連我高中第一次段考都等不及。稍感寬慰的是，最末那月，他就躺臥在客廳沙發上，每天見我穿著嘉義女中的白衣黑裙去上學，然後回家，在與他一櫥之隔的書桌前解算數學題、推理化公式。他或許猜得到，我亦將端下衣缽；也或許，往後的道路其實是因著他的庇佑，他走後三年間，家族兄長及我共四人，接連考上醫學系。

祖父病時，主要陪侍在旁的是母親，伯母和姑姑也輪流來探顧。母親說祖父讓她忙的不多，大抵便是扶他進廁所，解完後替他擦拭，祖父對她說：勞累你們這樣，很不是。母親回答「是我們應該做的」，祖父卻搖頭嘆息：「不應該啊。」醫療決策則仰賴伯父、姑丈與父親，三位醫生在見到祖父胸部X光片病灶顯示數年前手術切除的腸癌復發且已擴散轉移後，決定不電療、不化療、不插管，就在家裡安養，有什麼症狀配什麼藥方，病已不可癒，只求少些苦痛。我沒照顧過祖父，回想起來，連替他端一杯水的記憶也無，倒是他康健時熬稀飯、烤海苔、做粉粿給我吃，與教導我英文、物理的景象歷歷在目。他唯一央我做過的事是替他彈奏幾首曲子，當時以為他臥病多時悶得慌，開心地將我熟練的歌都演練一回，包括我剛學成的〈給愛麗絲〉，然後來到沙發前問他夠了嗎，他淺淺笑著點了點頭，我便離去。不多久後某日早晨，我和弟弟正要出門上學，祖父叫弟弟至跟前，與他握了握手，當天我放學至家門即見牆上貼著「嚴制」紙張。那刻起，我開始相信所謂「臨死覺知」——儘管這個名詞是我進入安寧領域服務後才聽說的。之後許多年，我一直為那天早晨而難受，不懂為何我和弟弟分明一同走過他面前，他卻僅僅要牽弟弟的手，直到近日有天再彈〈給愛麗絲〉時，忽然明白了祖父更早便與我道別，面對青少女與小男孩，說再見的方式總歸不同。

當我進入醫院實習後才發現，原來多數癌末病患與世界告別的經歷，與祖父大不相同，他們反覆住院，早晚抽血，注射不完的點滴針劑，忍受抗癌藥的嚴重副作用，起起落落的感染問題，呼吸冰涼的空氣，消毒水的氣息，小心翼翼提起渺茫希望，卻重重摔成落空的期待……。許多人最終面容是雙管齊下，食物由鼻入，氧氣經口送，家屬僅能在一日兩回的短暫探病時光，走到病人身畔聽見心電圖嗶嗶嗶的聲響，以之為一息尚存的證據，要親近肌膚尚得留心，以免碰歪注射針頭，或扯壞了中央靜脈導管。他們的身軀與靈魂將抵達之處，與祖父並無二致，情境卻判如天壤。

所以我選擇留在安寧病房照顧病人，並不是旁人稱許的特別勇敢、堅強、有愛心。對於生死從不豁達，性格善感又偏向悲觀，也未有特定宗教信仰能替我解說一切善惡因緣生命起落，客觀條件評估，我並不適合成為陪伴送行的醫生，而我倒闖入安寧領域，只因這種安靜伴行的過程對我來說極其自然。我實在不願見到病人臨終還要忍受嘈雜繁瑣的無效醫療，耗費昂貴機械與藥材維持生命跡象，真正的身心需求卻無人傾聽。

我在臺北一安寧中心當上主治醫師後，漸漸感受所謂「極其自然」當中要承受的巨大壓力，正如一位安寧前輩所言：「照顧病人時，你『不做什麼』往往比『做什麼』還困難。」類似的問句反覆出現，沒有統一的標準答案。「是不是貧血更嚴重了？要不要抽血檢查？要不要輸血？」「標靶藥物還可不可以開？停藥是不是癌症會惡化得更快？」「整天幾乎沒吃東西，真的不需要插鼻胃管嗎？或者至少也要打點滴啊，不然不是把他餓死嗎？」……抽血、輸血、開藥、插管、打針，都會是相對輕鬆的選項，醫生可以在「有所為」中維持存在價值，家屬可以在「有所為」中略感安心，在醫療糾紛頻仍的時代，過度醫療也是醫生自保之道，輸血、灌食後仍死亡，表示醫療團隊盡了力；反之，病人過世便可能被法官判成醫療疏失。但往往比較合適病人的是「無所為」那方，若是我將撒手，寧可要孩子的一個親吻，來代替一包血漿或一管牛奶。

每天耐心向家屬解釋各種醫療措施的利弊得失，仔細評估病人身體心靈的苦痛，區區三五個住院病人也壓得我心頭煩悶，無處宣洩，有日父親來電與我商談相親之事，我對他大吼大叫，把這些年行醫疲累與情感不順遂都歸咎於他，他默默掛上電話。翌日，我照常來到病房，陪五十多歲與我同鄉的乳癌婦人說話，一邊關心她因癌細胞轉移至脊椎造成下半身麻痺續發的雙腿水腫是否改善，她聊起在美國的兒子，說：「兒子告訴我他有女朋友了，可惜，本來還希望他下個月回臺灣時介紹你們認識呢。」我陡地想起父親，心頭一陣酸澀，我好聲好氣與別人的父母談天說地，一派溫婉嫻淑知書達禮，對父親的語調卻常常好生氣。

思索一陣，決定返鄉，年近三十，雖還不知姻緣何處，但總是希望結婚生子的，將來嫁到何地便難說了，能與父母朝夕相處的日子，錯過永無法回頭。下決心不久，竟幸運遇上同樣來自嘉義的未來的伴侶，兩人歡歡喜喜攜手回到故鄉。

返鄉後的安寧醫療工作，負責的是居家訪視職務，亦即至末期病患家中探視，察看病症，提供藥方，便如早年鄉鎮盛行的醫生「往診」。與居家護理師一起在熟悉或不熟悉的街道巷弄中穿梭，每週訪視名單上有照顧幾個月了的老朋友，也有初次前往的病家。我已不是生手，接過聽厭了的問句，便反射得出各套說詞：「臨終病人本需經歷軀殼脫水階段，才會感到舒適，若一味打點滴補充水分營養，反而造成他的負擔。」「嗎啡的副作用多半在前三天便會適應，長期要注意的問題只有便祕，我們會加軟便藥，所以不用擔心，如果還是痛，可以再加量使用，只要呼吸狀況正常，嗎啡的用量沒有上限。」「現在即使住院，跟在家裡能做的處置也一樣多，該準備的藥我們都會帶過來，讓他留在熟悉的地方反而安穩。」……

與很多生命交會，而後道別，我來到他們面前的意義便是送他們好好地走。走時我多半不在場，但也多半很快知曉，曉時心頭便抹上一道痕，或深或淺，或緊或鬆。有時那痕特別傷懷，譬如某位老師讓我照顧他的妻子，從前教學嚴厲的他面對愛妻故世，卻顯得蒼涼無助；有時那痕特別深長，譬如照顧一位病人從緊繃焦躁到安定平和時，遇見返家陪伴的他的女兒，竟是我高中時候要好的學妹。

陸續送行的歲月裡，獨居臺北的外祖父因失智症進展至夜半外出遊走被送往警局，母親接他到嘉義長住，也帶他就醫，服藥遏抑記憶退化，至於更早發病的攝護腺癌，因為手術後長期服用的荷爾蒙藥物令他虛弱憂鬱，於是冒著癌細胞蔓生的風險停藥，意圖挽回體力。

「停藥」二字道來容易，母親同我商量了一年不止，過去外祖父總依泌尿科醫師指示定期抽血驗攝護腺癌指數，服藥數月降至正常，嘗試稍停數月便又攀升，才剛洗脫藥物昏沉、提振起精神的他便又陷入下一輪迴。母親問我：停藥會如何？我說攝護腺癌細胞分裂增生的速度並不快，局部拓展或許好多年不礙事，但若不幸轉移至骨骼或腦部，可能產生劇痛、造血功能受損、意識混亂等，短期內死亡亦無可避免。最後一次檢驗指數又偏高，泌尿科醫生說開藥或順其自然，你們自己決定。母親不信擲筊或是算命，否則做決定容易得多，她左左右右想了好些時候，不再帶外祖父返診。

外祖父便在我們的家鄉度過他人生最後四年，訪遍周邊適合輪椅行進之處。週日父親休診，我攜孩兒回娘家，清早母親醒來便是看看天氣如何，以計畫究竟是往郊外踏青抑或尋飯館用餐。我慶幸能回家鄉，伴父母一起陪外祖父，也覺得外祖父能來同住，受母親照料真好，但某日他又陷入錯亂時空時說要回家，問他回哪兒，他說彰化。然而今時，彰化老家只餘他父母的骨灰哪。後來神智清楚時他說想回彰化給父母上香，卻是當時體能已不堪遠行，終未實踐。

那時我從父親手中接下棒子，成為外祖父的主治醫師，父親說照顧末期病患，我已比他強上許多。類固醇和嗎啡稱得上安寧醫生的倚天劍與屠龍刀，外祖父精神委頓、食慾不佳、渾身痠痛，二者也正是解藥，我開了類固醇，劑量卻猶豫甚久，效果與副作用的天平原不難衡量，當支點成了家人，居然擺盪不定。至於疼痛控制，我解釋道：因他腎功能不全，長期使用消炎劑恐致腎衰竭，建議改用鴉片類藥物為宜。從前祖父與外祖母癌末時皆服過嗎啡，祖父吞藥後冒汗得厲害，無法承受，只得繼續忍痛；外祖母則昏睡與譫妄交錯發生，驚惶的記憶深刻烙在當時服侍在旁的阿姨腦海，此後聞嗎啡色變。我開弱鴉片類的藥Tramadol，而且量少，但外祖父吃下藥那日沉睡許久，母親和阿姨說是藥物引起，沒再讓外祖父吃第二顆，果然隔日精神好些。我一方面無奈，心想，他沒吃藥前也常昏睡整天啊，另方面卻有些疑心是否真受藥物影響。我問護理師：Tramadol的副作用是什麼？她歪著頭，臉上一副「妳不是也會跟病人解釋」的模樣看我，說頭暈啊。有沒有遇過病人吃Tramadol說會昏睡的？她說沒有。常以Tramadol治療病患關節疼痛的丈夫答案也是如此。我鼓起勇氣再向母親與阿姨解釋一遍，說幾乎沒有病人會因這顆藥昏睡的。阿姨說：阿公就是這樣啊。

阿公是怎樣就是怎樣，我無法以客觀數據或過去經驗一筆帶過，也無法冷靜面對母親焦急詢問與憂心臉龐，每開一顆藥，我總捏著汗觀察，生怕有什麼閃失。週間每日與母親通電話，首先便是探問病況，連孩子也學會撥電話問外婆：阿祖的情形怎麼樣？

情形其實與我平日照顧的病人沒有太大出入。用了類固醇後有一小段振奮的時光，也發生過感染、皮下出血。疼痛問題仍在，後來我與丈夫商量，悄悄開了包含Tramadol在內的複方藥品，以新名字含混過關。最後一個月坐立不安，時而不認得家人，為此住了幾天醫院。鎮定劑我難以拿捏，母親和阿姨都不希望用藥讓他沉睡不醒，可是見他醒著掙扎卻又椎心。他走前那夜意識昏迷，呼吸心跳加速，但表情詳和，母親與阿姨陪在他身邊，直到嚥氣，再親手替他拭浴更衣。

追思告別會則由我和父親合力籌劃，父親設計廳堂的鮮花擺設，並由他近年拍攝的兩萬多張家庭生活照裡挑出境美情濃的五百餘張給我，為此接連數夜忙碌到清晨，我揀了其中三成，配上文字與音樂，述說了外祖父的生命故事。會後送外祖父至火葬場，領了號碼牌，見棺木緩緩進入後，禮儀社的人告訴我們，還要等候數小時，可先返家休息，火化完成再通知撿骨，屆時兩三人來便行。

等到傍晚要再出發時，母親、阿姨當然都去，姨丈想陪著，弟弟負責背骨灰罈，妹妹、妹婿也說要參與，只有我和父親，雖然心裡都很想，身體卻累得動不了，短短一週當中，我倆竭盡所能讓外祖父的終站溫馨而精采，耗了大量精力。於是其他人撿骨的那段時間，我和父親雙雙癱在床上，身子虛極了，兩人卻同樣睡不著，有一搭沒一搭地聊著會痛會癢以及不痛不癢的話。我沒見過撿骨，母親說，二十多年前外祖母過世時，火化場上她遁逃了，她無法面對親愛的媽媽成為一堆白骨。而父親與我當是最不害怕的，念醫學院時，我曾持有完整一副人體骨骼，每日拾起幾塊，欲摸熟所有紋理：骨縫、關節面、血管跨過的壓痕、神經穿越的孔洞……，到後來，左手握骨右手夾菜邊用餐邊記誦的情景也是家常便飯。然而我又隱約感覺，或許我與父親才是最想逃避的，對外祖父的治療所挹注之深情，讓我們身體啟動疲累機制，好使得記憶便只停留在他安詳的臉龐。

許多往事閃過腦際，這才領悟人生即是一段送行的旅程，我躺在父親身旁，心裡一半恐慌，一半安慰。父親說起，方才姨丈玩笑式地告訴他，追思會辦得如此莊重感人，以後也要將自己的身後事託付給他。我也很想這樣交託，不過假如我這麼說就太不孝啦。我回了另一句玩笑話，但心裡浮現好幾位我照顧過的，白髮人送走的黑髮人。父親卻說：才要交給妳呢，如果沒有妳製作的影片，追思會便沒了靈魂。話題沒有繼續往下，可我相信父親同我一樣，那日來臨，都會放心全權交由對方安排，只是少了另一方的協助，再也無法相互烘托出色，正如在那之後人生永恆的缺憾。

然後仍走著的人所擁有的，便只是那段送行的歷程，但這歷程——我轉頭望著父親的臉，驚覺幾天之內他蒼老了許多，再也無法回復當年祖父過世時他摟著我的肩膀說「你們不必操心，一切有爸爸媽媽處理」的神態，然而眼神中卻又透露著一份欣慰，因為心愛的女兒終於不僅繼承他的職業，並且帶著與他相仿的精神與信念，走向未來——確實，也夠完整了。

那些遺失的……

《海水正藍》

升國三暑假參加學校舉辦的美國遊學團，到佛羅里達州待了一個月，遊學目的該要多和外國朋友聊天交流，我卻老跟摯友婷膩在一起。有個週末到迪士尼樂園，我帶著出國前剛買的《海水正藍》，記不確切帶書的理由了，我容易暈車，向來不在巴士上閱讀；印象中對婷說過《海水正藍》好看，要借她讀，但這在宿舍就辦得到，用不著大費周章拎到樂園；努力擠出可能的原因，大概是怕等待搭遊樂設施時大排長龍，想打發時間用的吧。在模擬飛車的震動包廂內，我把書放在座位底下置物籃，忘了攜出，原始版本便遺留在美國了。

幾年後在書店喜見皇冠重新出版《海水正藍》，立即買下，翻閱，還是初時的悸動，〈長干行〉篇章裡「她是他二十幾年回憶中唯一的溫柔」，多感傷卻又美好的情愫；〈儼然記〉「在芸芸眾生中，一眼便看見對方的滿身光華」不正是我日夜企盼的愛情，悲劇也還那樣值得；〈海水正藍〉尤讓我心波蕩漾，每回讀到最末段小阿姨喚著逝去的小彤名字，我的眼淚就落下來，「而海水嘿！海水正藍」收尾，又是這般療癒人。我忘了問婷看過這本書沒，但始終深信那是我們會有共鳴的語言及愛戀。

「海水一波湧著一波，急切的翻滾上岸，像要訴說什麼，上了岸，卻又低首斂眉，徐徐退去，到底什麼都沒說。」我一遍一遍讀著〈海水正藍〉，想告訴婷：我還是那個喜歡張曼娟小說的女孩，儘管如今看來那些情感太孩子氣的偉大，我不願說該或不該只是有時代價太高，一如妳的殉情。

婷，我很想妳，妳那邊也有詩有故事，有湛藍的海水嗎？

腳踏車

上高中前買了一輛腳踏車作為上下學交通工具，粉紅色淑女車，前頭掛著黑色置物籃，就這樣騎過白衣黑裙歲月，畢業時正好換妹妹讀高中，車況還很好，當然是接著騎了，她也如此踏了三年，但聯考成績未臻理想，轉往補習班報到，開課沒幾日她回家報告：忘了上鎖，腳踏車在補習班前被偷。我劈哩啪啦將她罵了一頓，六年的車說新不新，隨手扳下後輪鎖大約也沒人想偷，但六年的車說舊不舊，再騎個一年不過分吧，難道計畫重考三五回？她委委屈屈低著頭沒回嘴，聽完我的訓後由爸媽領著去買新車，那種我很不擅長騎的、有橫桿的紫色自行車。幾天後她說在補習班門口再看見我們的粉色車，變得很髒很舊，她不想牽回來了。我這就更為光火，怒斥她不知愛物惜福，自家的車受屈辱了還是「姓『林』」啊，妳不帶回來清洗擦拭懺悔贖罪，居然任它在外頭苦嘗雨露風霜。媽打圓場說好了好了新車都買了，妳北上讀書也騎不到嘛。

騎不到也不能丟啊，這是我充滿回憶的腳踏車吔，我快踩踏板偷偷跟在喜歡的雙胞胎學姐後頭，望著她們的背影而滿足；三民主義補習下課，和心儀的男孩並肩騎一段路，小心翼翼地聊幾句話，兩人擁著同樣的風前進……，那樣緊緊嵌在腳踏車裡的回憶，妹妹都沒有嗎？

粉紅色淑女車帶給妹妹的是什麼樣的記憶？一直到我自己有了三個小孩，才在與老大同性別又與老三不同性別的老二身上看到專屬的無奈。哥哥穿的衣服，撿；哥哥學的才藝，跟。相較於集眾長輩期許的哥哥與集眾寵溺的妹妹，老二總設法自製焦點亮點，或甜言蜜語一番，或調皮搗蛋一場，只為證明存在。他有時會好愛某件哥哥穿過的睡衣，不確定是因為穿上了有哥哥保護的溫暖，或是覺得自己長大。但他有時也會故意不接收哥哥的舊衣褲，嚷著好刺好緊好悶，我拉一拉告訴他你看還這麼大空間，沒幾分鐘他又來說：媽媽這邊太鬆了，都快掉了啦。就這樣帶著崇拜親愛與嫉妒怨怒長大，我倒帶凝望妹妹。

高跟鞋

大學的我開始摸索既年輕且成熟的裝扮。學習服裝設計的母親梳妝打扮富天生美感，而父親的藝術造詣深厚，他們一致認為女孩把自己打理得乾淨漂亮是基本禮儀，儘管美麗是膚淺的，他們說，男孩愛上女孩往往是從這膚淺的美麗起始。我嚮往愛情，於是渴望美麗，偏偏我黑肉底，塗了一臉白粉被笑說耳朵像七隻小羊故事裡冒牌媽媽露出狼爪；高中時豐腴的身形在聯考緊箍咒解放後吃飽睡好又多養一圈脂肪，模特兒的好衣裝落在我身上便如南橘北枳，我從更衣間出來向母親吐露二字：想哭。母親帶我去她購衣的專櫃，少婦尺寸總算將我罩服貼，那些讓我一下子老去的洋裝需要配高跟鞋。

我真不喜歡穿高跟鞋，走路好不實在，施力點全然不符合人體工學，走不快，雙足磨得發疼；相信高跟鞋也不喜歡我，我粗魯的步伐不是向前踢傷皮革，便是鞋跟卡入水溝蓋孔。但為了美麗的愛情快點降臨，我還是陸續買了好幾雙高跟鞋。

在日本遊學時遺失的那雙是我最喜愛的——米色，圓弧的鞋尖好脾氣似地討人喜歡，繫著秀氣的小蝴蝶結——當然是因為永遠找不回來了才這麼說，事實上我付完錢連穿都還沒穿過呢，我換算臺幣覺得划算，開開心心找個公共電話亭打給母親聊了幾句，然後連鞋帶盒遺忘在話機上頭，離開了好遠才想起，回頭已不見蹤影。之所以會在日本買高跟鞋是因遊學結束後將與朋友一同赴歐洲短期旅行，朋友說帶我去看歌劇，要著正式服裝，我買了一套又是蕾絲又是緞帶的小禮服，為了配禮服而買了鞋。鞋丟了，禮服在，歌劇還是要看的，因此下回逛街我又買了一雙銀灰色高跟鞋，金黃半月飾品上綴著幾顆水鑽，也挺好看，我卻因著之前的遺憾，老覺這雙是次級品。或許是我打從心裡沒接受它，出發往歐洲那早我扭傷了腳，整個足背腫得麵龜一般，連平底包鞋都快塞不下了，整趟旅程只得緩步，我也明白了平凡衣著還是進得了歌劇院。

後來我也才明白，真正的愛情來臨時是不需要高跟鞋的。跟他約會前幾次，有回我穿褲裝特意踩上高跟鞋好讓雙腿看起來修長些，卻走走停停好不拘束，他發現後笑道：以後穿好走的鞋就好啦。那笑容真令我安心。

所以直到披婚紗才再穿高跟鞋，原本選定禮服款式後要添購，卻在倉庫裡覓得這雙被遺忘多年的銀灰高跟鞋，與幾套禮服搭得有如天作之合，舊的新鞋打入冷宮十載，新的舊鞋一步踏上紅毯。

好似我的愛情，一直踩空，卻忽地就登上頂點了。

《國語日報》

回到我書情寫意的起點。國小畢業考結束，離踏入國中生涯還有一段悠閒時光，我常躲在臥房裡吹冷氣，反覆欣賞精選保留的《國語日報》副刊，其中有兩首我極愛的詩刊在同天報紙上，其一標題〈木乃伊〉：「千古的歲月，流傳著一則……」，另首似乎名為〈選擇〉：「在春與秋之間，我選擇蕭瑟；在生與死之間，我選擇孤獨……」，我天天拿出來讀一讀，沉浸在悠遠浪漫卻孤寂的詩意裡，有日打開抽屜不見報紙蹤影，詢問母親，她輕描淡寫說丟了，我難過得很。其實母親並不常任意翻動我的物品，也很少無緣無故扔掉我的東西，她大概沒感受到過期報紙對我的價值，只覺幾個月前的舊聞塞在衣櫥邊顯得骯髒礙眼吧。

國中時再次見到這兩首詩居然合體呈現在我屢投稿屢退件的《嘉義青年》雜誌，僅把「千古的歲月」改成「苦的歲月」，接下來便是完完整整的〈木乃伊〉加上〈選擇〉，抄者當然另下了一個標題，記不得是什麼了，但我還記得當時憤怒的情緒。我寫了一封檢舉信給編輯，封箋後託人寄出，沒想到信被父親攔下，質問我信封裡裝些什麼，我據實以告，父親卻嚴厲告誡：拿不出證據的事，不能信口誣說。證據就被媽丟掉了你還要我怎樣，我說的句句屬實可以去查《國語日報》啊，抄襲本來就是千不該萬不該的事我說出來有什麼錯！我心裡忿忿抗議著但還是把信撕碎了，撕碎了也還耿耿於懷，我想我不說就沒有人會說了，誰像我可以肯定那兩首詩不是同一位作者並且不住在嘉義呢？誰像我可以好好教教這位用筆名的同學說這種剽竊文字的行為該受罰呢？誰像我一樣把這兩首詩背得一字不漏呢……呃，除了這位被錄用的投稿者，或許整座嘉義城唯有我們兩人讀，我們是竟一對知音。

現在我還是喜歡讀，喜歡寫，這本書那本書翻過來翻過去，但已失去年少時候把喜愛的詩詞語句百遍千遍念得滾瓜爛熟牢記於心的精神，那兩首曾經深愛的短詩如今只記得開頭，也還不能肯定沒有背錯，我這樣繼續讀讀忘忘，塗塗寫寫，突然驚懼——自己是否也曾抄襲了某些人的什麼東西，而渾然不覺呢？

花落花開

便利商店賣起彈珠汽水霜淇淋，嗨，鈺，我想起了妳，妳離開前那個夏天，兩大超商輪番推出水蜜桃與哈密瓜口味霜淇淋，妳那時身子已弱，但總央家人帶妳去嘗鮮，妳說哈密瓜口味更勝一籌，我也覺得比起甜軟嬌貴的蜜桃，哈密瓜厚實外層包覆豐沛內涵的形象與妳更搭配。

那日護理師領我敲開妳房門，妳斜倚床上，後背墊個大抱枕，微笑向我點頭。我的到來並不帶著將妳治癒的能力，安寧療護，妳我都清楚這樣的定位，沒有人有非分之想。我職業式評估妳的身型與能量指數：露出的手臂幾近皮包骨，肯定下背與臀部的皮下脂肪也所剩無多，一定要提醒妳留意尾骶骨處，常換姿勢，鋪軟墊，以免壓迫成瘡；血壓正常，心跳微快，呼吸時胸口明顯起伏，費勁耗力，恐怕多說幾句話就要喘個不停。

但妳侃侃而談。據妳描述，妳已從鬼門關繞一圈回來，疼痛暫控制住，體力恢復一些，稍可走幾步路，妳說住院糟透了時妳向天祈求撐過這關，因為妹妹要結婚了，妳捨不得以喪事之哀衝撞她的幸福，感謝上天讓妳度過，從此，祂何時要帶妳走妳都無怨。

怎能如此豁達灑脫？我懷疑妳能維持此般平靜直至最末，常遇到說不怕不怕的病人在觸近終點時變得焦躁不安，但他們說不怕不怕時我可以感受到他們的武裝、偽裝，或是刻意的淡漠，而妳不同，妳的呼吸儘管帶點肺部遭癌細胞侵略的急促，卻是和平寧謐的。我只是很難想像四十歲的妳竟擁有超凡的淡定，看透世事逆來順受，抱定歸期不遠的決心，卻仍日常地活著，翻從前讀過的書，聽聽音樂，吃一點想吃的東西——其實妳吃完霜淇淋就吐了但還是滿足。

妳百無禁忌，研究過各種安葬方式，土葬已不合時宜；火葬入塔也好，只是塔位未免太令父母牽掛；海葬浪漫，但並非划小艇隨抓隨撒，而須經過繁複手續上船至遠海，且名額有限，徒累家人；妳喜歡的是樹葬花葬，化作春泥。

再次探訪，妳隨手拿出幾本書冊，聊近日重讀《西藏生死書》心得，談《賽斯心法》的冥想，妳說這些書都是病前買的，妳非因癌末而被迫正視生死議題，在過往健康歲月裡，妳已反覆思量生命的意義，或許因此，當被宣判癌症時，沒有太驚惶，按部就班治療，病況也穩定了一兩年。有人說乳癌的根源往往來自兩性關係不幸福，妳說不是啦，至少妳真的沒有這些困擾啊，妳談過戀愛，有緣無分，後來一個人也好好的。乳癌與親密關係的連結沒有大型研究證實，但我確實聽過不少人那樣說，我欽佩妳的是，未婚而罹乳癌的妳，就這麼雲淡風輕地駁斥，也不激動也不發怒。

病情緩解那段時日，妳回到工作崗位。職場上妳當是位頗有想法的女子，曾為了一個企畫案跟主管僵持不下，而老闆欣賞的是妳的提案，主管撂下一句話：「咱們走著瞧吧，看上帝是要妳還是要我！」可惜的是計畫還來不及執行，妳的病就復發，不得不退下。說到這兒妳居然笑了：「嘿嘿，上帝果然還是要他吔。」

上帝沒有揀選妳留下，妳對上帝卻沒有排拒或抱怨，當牧師要替妳禱告，妳欣然接受。妳相信冥冥之中有股強大的支配力量，也相信輪迴，妳說書裡讀到：未曾結婚孕育的女人，是輪迴最後一世，而最後一世的功課完全在於靈性的提升。我對輪迴一知半解，將信將疑，但我深深感受到妳的篤定，塵世牽絆於妳沒有太大束縛。妳那疊有關生死追尋的書冊，其中幾本我從前買過，我有興趣閱讀其他，於是問妳可否開張書單給我，我們互留電子郵件，妳答應體力許可時寄給我。

網路是妳與往昔交遊圈的唯一聯繫，臉書上妳未曾透露疾病消息，不發近況，鮮少留言，僅以按讚刷新存在。妳說並不是非得隱瞞什麼，只是剛巧在妳發病前半年，一位同學罹不治之症住院，朋友們相約一齊前往探望，結果一群人又難過又怕惹誰傷心地說什麼話都不對搞得大家好僵，輪到妳時妳便決定千萬不要造成困擾。妳睿智有洞見，我想起照顧過的某位壯年男子，剛倒下時訪客絡繹不絕，同學、同事、球友、親戚……，這個來拍拍大嫂肩膀說我們這群朋友都可以讓妳依靠，那個來哭哭啼啼說哥呀你一定要好起來，還有東一份祖傳祕方、西一組直銷營養補給品，真是折磨煞人了。妳說既然來來往往的人都不是死前非再見一面不可的，那就省卻彼此煩惱。除了家人、醫護人員以及最後的同事知情外，妳只讓一人知曉，那是妳亦師亦友的知音，單以鍵盤談生論死，無需淚眼執手相對。

家訪的日子，我總是既期待又害怕訪視名單中看到妳的名字，因為與妳談話強力沖刷我內心，妳瘦小身軀與微喘話語搖撼我，而我往往不知能回饋妳什麼，離開妳家時我感覺虛弱，卻又在一兩天的重整後感受心靈更茁壯一些。我也怕見到妳的衰落，妳自己倒是坦然說該失去的總要失去啊。

收到妳的電子郵件，問我關於妳逐漸加劇的疼痛如何調整用藥，我回了信，那是我們唯一一次通信，我一直沒收到妳的書單。第三次——也是最後一次去看妳時，妳說好累，腰痛得厲害，也愈來愈沒力氣站直身子，週末哥哥載妳到鄰縣校園散步，在那兒的落地大鏡子裡妳照見自己的身影，佝僂得像泰迪羅賓。妳說從此不會再遠行了，之前勉強撐著走，是為了讓母親也能去透透氣，妳若不同行，母親放心不下妳，便不肯出門。妳說體力已不堪負荷，幸而時日也不會再多，不久母親便可休息了。

那時我升格為三個孩子的母親時日未久，耐心磨得不夠，脾氣仍暴躁得很，某日晾衣時兩個小男孩嬉鬧惹怒了我，我抄起衣架作勢要打，大吼大叫將他們趕入房間面壁思過。隔天上班護理師告訴我妳的死訊。我忍到回家後趁孩子幼稚園未放學大哭了一場，不禁自問：假如我知道那是妳告別的時分，我還跟孩子生氣嗎？

護理師描述妳走時一派寧靜，彌留前妳母親嘗試握妳的手，妳輕輕拂開，兩手交疊腹前自己走最後的路。家人說妳曾交代，藏書可以送給我們。

謝謝妳的好意，只是現時的我紅塵牽掛累累，只想守著孩子天長地久過著簡單平凡的日子，尚無勇氣閱讀超脫生死的靈性書籍，尤其若是妳曾擁有的書本，我單觸碰封面就可能引發太大的情緒波瀾。妳離開兩年後，我終於鼓起勇氣寫了一封信給妳的母親，謝謝妳與家人給了我的成長，讓妳的母親知道除了家人之外，妳也活在我心底。妳母親說妳離開後，她的心好像空了一塊，怎麼都補不滿。

凡世間的我依然庸庸碌碌，陸陸續續又照顧過幾位還算年輕的病人，漸漸體會妳說

「未曾結婚孕育的女人，是輪迴最後一世」的意涵——四十多歲的珍姐原本是銀行理財專員，發現大腸癌末期，由同住的弟媳陪伴照料，弟媳說珍姐從前是口才辨給的專員，病後在家卻寡言、少欲，弄什麼她就吃什麼，可以獨立執行的事多半自己來，只是最近腸道阻塞的症狀明顯，幾乎無法進食，體力衰退很快，已難再下床，換尿布、擦澡都靠弟媳，珍姐每天「謝謝」、「不好意思」、「麻煩妳了」掛在嘴邊；三十八歲的音樂老師以薰，診斷卵巢癌後回到父母的家，她的父親很焦慮，每次都問我能否判斷目前癌症擴散到哪些地方，她的母親憂傷而不甘心，說這個女兒最乖怎會如此不幸，但以薰甚為達觀，說現代醫療這麼進步，她得癌症能夠不要痛到想自殺就很幸福了，不舒服時她關起門來偷偷告訴我，並說每次調了藥都會緩和很多，不需讓爸媽知道；年未半百的蘭兒肺癌轉移到脊椎骨，住在老父開的五金行隔壁，由大姐照顧起居，先前雙腿水腫脹得厲害，服藥後消了下來，痠痲痛卻難以改善，夜裡需要姐姐每隔一兩個小時就替她按摩，否則根本難以入眠，她央我再想想法子，希望姐姐不要那麼累。她們的身影常讓我想起妳，雖然她們言談不若妳的幽默、哲思，或偶然來句醍醐灌頂的啟發，但比起我病患群裡常見的呼天搶地、怨天尤人、愁眉苦臉、躁鬱起伏，這些死神面前太年輕的無婚女子，總散發一股特殊的堅毅之氣，好像嘆息是旁人的事，她們只管認命。

是否原本與婚姻無緣的遺憾，加上英年早逝的殘酷，卻因沒有家累的牽扯，反而成為無奈的負負得正，使她們走得開腳步？我以為她們無牽無掛，所以堅強瀟灑，直到那日探訪蘭兒後要離開前，老父招手要我過去，他行了個九十度的鞠躬拜託我，要我盡力幫蘭兒醫治，他知道臺灣的醫療在世界算先進的，他也知道蘭兒的病目前沒得療癒，只哀求我不要錯失任何可以讓蘭兒更好的機會，他說蘭兒總是強顏歡笑，尤其他一走近，無論蘭兒原本多麼不舒服，都馬上擠出輕快的表情面對，「我跟她朝夕相處快五十年，父女連心，她心裡非常痛苦，都自己忍耐下來……」他一邊說，眼淚不停滴落。

嘿，鈺，是這樣的嗎？並不是我想像的無牽無掛，反倒是因為無依無靠而堅韌的嗎？我舔著霜淇淋，揣想妳一切往肚裡吞，然後狠狠嘔出來後，歸於平靜的身心。似乎很艱難，但因為明白令白髮人送黑髮人的慟，明白手足再親也該有個分寸，妳看得更透澈，人生或許留不下什麼具體的證據，於是鬆手離去。而我，或是我們，不也都是如此，無論多少親密的人圍繞身畔，還是得獨自走完最後這段回歸塵土的路。

而妳現在化為樹上的枝葉了嗎？或是靜靜綻放芬芳？後來，老養不活植栽的我又種了幾盆花草，居然生氣勃勃，想是妳的鼓舞。鈺，謝謝妳，在我邁入四十的當口，為我展現這般氣度，讓我看見活著，或者結束活著，都可以如此從容。

好，別

目送你沒入人叢中，粉紅襯衫、灰色短褲的背影融入群體之後已難追蹤，我足下未移，心卻好似重返繁雜喧鬧的青春族，淚水不斷在眼眶裡打轉。我蹭到操場邊，依舊是紅土跑道，運動會必然塵土飛揚，而你們，有天也會蹲在這裡拔草嗎？

三十年前，我十三歲，搭上校車來到協同中學，我怯生生又興致勃勃探索著。導師姓許，圓圓臉，個子高，略顯豐腴的身形，顯得既親切又有威儀，開學不久，有天喚全班到操場旁幫忙拔跑道邊的草，過了一會兒，有人指著不遠處一同拔草的男士說那是師丈，姓陳，也是學校的老師，望去只見他稀疏的髮，後來他立起身，瘦瘦的身材，身高或許跟許老師相去不遠，怎麼看怎麼不像一對，幾位同學好奇，邊拔草邊往他身旁移動，近到可以交談的距離時有人開口：「請問你是許老師的先生嗎？」他抬起頭爽朗地笑了：「對，我是她先生，但先生不一定會先死呵。」我真恨自己，為什麼始終牢牢記得這樣一句玩笑話。

都忘不掉，所以一直想回去，你的成長旅程是我返老還童的路途，你放學回家，我總巴著你問學校的事，我特別愛聽那些細瑣卻又無從複製的驚喜，例如你說班級合唱比賽遴選指揮伴奏，老師說要先挑正指揮跟副指揮各一，結果入圍的八名同學中恰巧一位姓「鄭」、一位姓「傅」。而你的國文老師居然正是我的文學啟蒙恩師，當我拾起你的作文，幾乎以為那熟悉的字跡是為了我而批改。一切重現都真確得太幸福，卻也虛幻得太殘酷。

國文老師要你們兩兩一組互相介紹自己名字的意涵，之後從籤筒抽出一位上臺，剛好是你的夥伴，他告訴全班說你名中的「楷」字裡躲著你胎兒時期的暱稱「比比」，從此「比比」成為你在班上的綽號，你個子小，出生月分遲，大家比比、比比地喊你，你挺開心。班上另一同學被安上閩南語發音的「松鼠」名號，他長相清秀，五官確有幾分松鼠的神韻，松鼠是擠得進可愛排行榜的動物，但他不喜歡同學這樣叫他，或許是呼喊的語氣帶著揶揄，也或許他和松鼠不投緣。我對你說，別人不喜歡的綽號就不要叫，卻想起從前班上同學們的綽號，到底是誰取的我完全想不起來了，風紀股長「老爸」算是很斯文的別名，姓朱的班長「豬頭」當之無愧，姓樊的叫「番仔」，因諧音被取「魚」外號的同學乾脆簽名Fish，被喊成「青蛙」的調皮蛋則以「嘓」聲回應，「龜」還撞名，只好區分「大龜」、「小龜」，另有壯陽相關的「虎力士」、「鳥頭」，某次國文課補充教材讀到以「涓人」一詞代稱宦官，內向害羞的男同學隨即被起名「涓涓」，可以算是霸凌了吧。那時我卻是無感的，甚至結夥排擠一名其實也沒犯什麼錯但在當時與班上格格不入的女同學。幸而，我們都好好地長大了。

除了甄和婷。

我還記得國一的聖歌比賽，聽學長姐唱了〈永恆的答問〉：「在世上有多少歡笑，能使你快樂永久？試問誰能支配將來，永遠不必擔憂？名和利哪天才足夠，能使你滿足永久？試問就算擁有一切，誰能支配眼前的所有？人世間變幻，無窮變幻，今朝多少光彩，在明日轉眼消失離開……」旋律引著歌詞叩問，很撼動我初探靈性的心。甄說：明年我們一定要唱這首。但我們到畢業都沒有挑中這首歌，它太沉重了。甄說的明年，她躺在醫院病床上與白血病對抗，我們去看過她一次，治療得髮都落了，那天她澀澀地微笑，那時我還不知道她不會好了，因此回以微笑。

婷是我最好的朋友，關於她我書寫過太多次，終歸擺脫不掉她因情傷自十三樓一躍而下的結局。往事歷歷，班遊搭遊覽車時我們相互依偎，我的頭靠著她的肩而她的頭倚著我的頭；明明一起上課，回家電話熱線還說個不完，尚有數十封書信往返，或者寫詩，或者寫低落的心情，我不能原諒的是，明明她在養的小兔子死時寫了封好傷心的信給我，怎麼忍心讓我更傷心？

而我怎麼忍心讓你知道這些，在你每天歡歡喜喜上學，開開心心回家聊著整天豐盛收穫的此年此月此日——今天誰請你喝冰涼的礦泉水、誰對你說他喜歡上什麼課、老師講了什麼笑話……。十三歲的我不曾想像甄未能與我們一同畢業，畢業時我更無法相信婷將缺席我的婚禮。十三歲的你，人生的無常不該輕易飄入念頭。

可是無常，往往恣意地飄進生活，我慢慢懂得在每一個歡樂時分感到哀傷，在每一次團聚當中預知別離，尤其我選擇了安寧療護作為專業修習，無常是日常恆常的風景。當很多年以後再度遇見許老師，她告訴我她的癌症復發，就在我從事安寧照顧的醫院治療，我們彼此心知肚明，會有重逢的時刻。

國中三年過得富足，然而離開學校的腳步踉蹌，我們之中的某些人帶著不捨的心與滿滿的回憶，因為各自升學考量選擇了其他高中，其餘的留下來直升高中部，那年正好原來校長退休，由許老師的先生接任，對於許老師苦心經營的班級直升率不若預期，陳校長應該頗感失落，偏偏我們不知趣地在臨去之際以水彩筆在教室牆上毫不留情地塗鴉，以為是瀟灑的告別，陳校長寒著一張臉向我們鞠躬道：「如果這三年對你們來說需要用這樣的方式發洩不滿，我代表學校向你們致歉。」然後便轉身離去，以致我從那時起，一直覺得與許老師和陳校長間有條鴻溝，隔去美好的青春歲月。當陳校長打電話告訴我許老師住院，想向我請教關於安寧照顧的問題時，我其實是緊張的。我想校長早已忘了我們如何傷他的心，但我沒忘。

這應是我畢業後第一次單獨與校長老師談話，之前總是在同學會或校友會那樣紛紛擾擾的場景見面，話也說得不深。或許是以病房為背景，於我熟悉不過，也或許是內容涉及我的專業，我自信踏實，總之我忽然又覺得自己是完完整整許老師的學生了。那天老師還好，她說主治醫師尚不放手，拉著她繼續與病拚搏，我說好吧，身體撐得住就努力一下。她也說起往事，自責年輕時性格太莽撞，出於愛學生的一番好意，卻或許管教言行不當而傷害學生。當然老師罵過我，最讓我下不了臺階的一次，是要練聖歌時，擔任伴奏的我沒有把琴練熟，以致老師一怒將全班趕回教室。但更多時候從她身上感受到的是源源不絕的溫暖，我記得有次週記瑣碎地描述跟同學間的誤會與紛爭，老師紅筆寫了二字：面談。我留著週記，所以多年後我雖已不記得面談談了什麼，但我記得老師對我們的煩惱總是在意的。我跟老師說我兒子也剛讀國一，噯，好快啊。

好快啊一個學期就過去了。寒假初，幾位同學相偕到老師家——位在校園底端的教職員宿舍，也是我們國中時經常造訪玩樂的地方。老師說上回住院調理幾天就出院，只是體力大不如前，標靶藥物好像發發射中她的元氣。大龜帶了當年為畢業典禮錄製的音檔播放，整理國中時期的照片投影到客廳牆上。我帶了精油替老師做足部淋巴水腫按摩，大家聊著往事，而我一點一點將堆積組織間的淋巴液送返。

客廳外大片草坪是我們露營的廣場。學校每年耶誕節舉辦班際聖歌合唱與聖誕樹布置比賽，聖歌比賽是老師最重視的，她的班不許讓出第一名，如今她說那時怎麼那麼好強啊，總要拚命地練歌，挖空心思設計服裝隊形，編排進出場花招。比賽結束後的露營則是許老師自己發想舉辦，騰出庭院讓她的班級歡樂一整夜，搭帳棚、烤肉、撿柴生火，然後大家圍著營火唱歌跳舞。校長說他愛極了看見學生露營時開心的模樣，當他開始主持校務，便立下規則，讓每屆國二學生共同參與童軍大露營。

離開前，大家相約過完年到老師家庭院辦外燴聚餐，但不久新冠疫情嚴峻了起來，不宜群聚的時刻，只好暫緩舉行。同學說等疫情過了再辦時，我嗯了一聲，不忍告訴他們，這一延，就是錯過。學校的國二童軍露營也被迫取消。非常時期，安全距離是必要的，忍耐是必要的。

痛苦是必要的嗎？當我戴著口罩隻身前往探訪老師時，她問。倚在二樓臥室床上，她細數漫漫抗癌路上的起伏，前半場是光榮的戰役，她是診間模範生，配合度高，樂觀積極，在候診區像班長一樣關照病友，遇見愁眉苦臉的癌症病患，以自身經歷鼓勵他們。治療過程順利，老師也開始重視養生，保持運動習慣，在幾乎忘了自己是癌症病人時，癌細胞竟又捲土重來。復發的後半場，其實也努力了好幾年，換過醫院，換過幾種新藥，卻喚不回健康。

最近的這顆藥最辛苦，老師說。藥物得來不易，醫生費了很大工夫才申請到，但老師也得費很大的工夫才能從藥物副作用中勉強支撐，藥下肚，整天吐、累、昏，元神耗盡，她偷偷地吃一天休一天。

很幸運我去的那天是「休」的日子，老師還有一點精神同我說話。我第一次從二樓望見從前露營的草地，大樹聳立在旁，校長問我從前是否曾被他強迫爬過樹，我不記得了，但我依稀記得當老師帶我們圍著柴堆唱歌祈求光亮時，躲在樹上的校長飛射火苗點燃營火帶來的驚喜。校長問我，孩子上學快樂嗎？我點點頭，校長很開心，快樂就好，來這兒讀書最重要的就是快樂。

但快樂之外，輕度的累、昏，以及耗神是無可避免的。你小學時有一根白髮，如今繁衍成十多根；各種過敏症狀如影隨形而如火如荼。我不捨，卻無力抵擋升學潮流之下，明明是順流而行的你們為何像逆流而上那樣辛苦。教改一直改，課綱不斷翻新，說要還給孩子笑容，然只見許多老師、家長被「學習歷程」、「素養」搞得暈頭轉向無所適從，喊著愈改愈累；學生為了妝點更豐富的資歷，學習才藝、參加比賽、甚至志願服務的心竟偏離初衷，實難苛責；唯有大型連鎖補習班主任出來拍胸脯保證：上有政策，下有對策，我們一定將貴子弟送上最理想的校系。誰不想要理想的校系呢？校長說最重要的是快樂，學校說品格至上，然而掛在校門口最醒目的紅布條，永遠慶賀著金榜題名。

聯考制度下的我們，教改之後的你們，或許沒有太多不同，有快樂時光，也有苦悶壓力。中學時我長期為睡眠不足所苦，怕考不上理想學校而緊繃，國三某天自修課忍不住在教室裡嚎啕大哭起來，嚇得年輕數學男老師驚惶失措，把我的名字報到輔導室，輔導老師拿著我正巧那次考得特好的成績單問：這樣的分數妳哭什麼呢？

除了分數，人生難道沒有什麼值得哭泣的嗎？

國內疫情逐漸穩定時，老師的病情急轉直下，因為煩躁不安、時空紊亂、疼痛難耐，再度入院。我去看她時，她還認得我，斷斷續續說了好些話，我沒有完全聽懂，拼拼湊湊，大概是她經歷了很可怕的事，比死還可怕，但她不知道為什麼要經歷那些，那麼可怕的經驗到底要讓她學習什麼？她說在那當口，丈夫、女兒，都不重要，什麼都不重要了。但幾分鐘後，她又喊起校長跟女兒的名字，說不曉得他們去哪兒了。我告訴老師，防疫期間規定每天只有固定時間可以探病。老師望著穿醫師服的我道：「妳穿這樣真像個醫生。」一講完就笑了：「妳本來就是醫生嘛。」

我真的是個醫生了，不再是教室裡動不動就掉眼淚的女孩。我想起剛踏入安寧領域時上的靈性課程，大師畫出人生重心圖：健康時，工作、財富、家庭、娛樂……都放不下；生了病，健康相關的區塊便膨脹起來；當疾病已無法治癒，親情成為重要支持；而走到臨終，連家人都退到一旁，內心最大的需求是靈性平安。果真是這樣的吧。

回到家我做了瑜伽，渾身筋骨伸展後進入攤屍式大休息時，淚珠汩汩沿太陽穴沒入髮際再滴落瑜伽墊上。終要回到永恆的攤屍休憩，到最後，什麼都不重要了。

可是還沒有到最後，重要的事依然那麼多。現在的你為考卷上這個字一時忘記怎麼寫而懊惱，對那題粗心氣得跺腳，因分組報告成績不理想感到沮喪。我想對你說，此刻淹沒你們、排山倒海而來的大考小考，有天也將如過眼雲煙。但我終究無法那樣不食人間煙火地教你什麼考試都不用在意，畢竟過眼雲煙，能若祥雲瑞氣氤氳靉靆，亦可如烏煙嗆意瘴氣擾息。

傳來老師病危消息，你聽說了，每日追著我問：老師還在嗎？老師還好嗎？我點點頭，你便露出如釋重負的笑容，好像上學期你們有位老師突發心臟病住進加護病房，最後康復出院那樣地令人慶喜。我要怎麼對你說呢？就如校長所言：老師若能不再受折磨早日回天家，才是最大的福分。但老師挺過那次危急的關卡，血壓回穩時，我感受到校長其實，矛盾的，也如釋重負。

蟬鳴嘒嘒，黃豔豔阿勃勒炸滿枝頭。生命的脆弱，生命的強韌，都超乎想像。上回去看老師，她熟眠不醒，這次倒睜眼望向我，我唱了從前聖歌比賽的自選曲，她說好，星期三要贏他們；每週校園崇拜結束前必唱的〈願耶和華賜福給你〉，老師跟著哼了起來。我握著她的手，說從前都不敢碰老師的手哇，老師手一來就好緊張。她把我的手拉到她臉上輕輕貼住，笑了，然後一連說三次「好」。

轉瞬間，你的國一進入尾聲，欣慰的是你依然快樂，喜愛這所學校，喜歡你班上同學；我依然每週熨燙你的粉紅色襯衫，邊哼歌邊猜想你在學校模樣；我每天期待你放學回家聊聊，說上課，說下課。我無法想像有那麼一天，我的重心圖裡你會退到角落。

誠心祈願，當時刻降臨，我也能歸結一個「好」字，作為道別。

九 歌 文 庫 1352

母親牌便當

國家圖書館出版品預行編目（CIP）資料

母親牌便當 / 林育靖著 . -- 初版 .
-- 臺北市 : 九歌出版社有限公司 , 2021.04
面； 公分 . -- (九歌文庫 ; 1352)
ISBN 978-986-450-339-1 (平裝)
863.55 110003074

作　　者——林育靖
責任編輯——鍾欣純
創 辦 人——蔡文甫
發 行 人——蔡澤玉
出　　版——九歌出版社有限公司
臺北市 105 八德路 3 段 12 巷 57 弄 40 號
電話／02-25776564・傳真／02-25789205
郵政劃撥／0112295-1

九歌文學網 www.chiuko.com.tw

印　　刷——晨捷印製股份有限公司
法律顧問——龍躍天律師 ・ 蕭雄淋律師 ・ 董安丹律師
初　　版——2021 年 4 月
定　　價——280 元
書　　號——F1352
I S B N——978-986-450-339-1
9789864503407 (PDF)